Llio Plas y Nos
R. Silyn Roberts

Ar eu gwyliau yng Ngogledd Cymru, mae Gwynn Morgan a'i gyfaill, y Ffrancwr Ivor Bonnard, yn taro ar draws yr hen adfail rhyfedd, Plas y Nos, ac yn dysgu am hanes arswydus y lle. Mae Gwynn yn diflasu'n ddigon buan, ond mae ar Ivor eisiau gwybod rhagor. Tybed, mewn gwirionedd, ai cyd-ddigwyddiad yw hi eu bod ill dau yno yn y lle cyntaf?

R. Silyn Roberts oedd un o feirdd pennaf y mudiad Rhamantaidd yng Nghymru, ond ysgrifennodd hefyd ddwy nofel yn ystod y 1900au. Cyhoeddwyd *Llio Plas y Nos* gyntaf yn 1906 a'i hail-gyhoeddi ddwywaith yn yr 1940au. Mae'r argraffiad newydd hon mewn orgraff ddiwygiedig yn cyflwyno'r antur o'r newydd i ddarllenwyr heddiw.

Llun y clawr:

Klosterruine Oybin (Der Träumer), c. 1835
Caspar David Friedrich (1774-1840)

Statws llun: Parth cyhoeddus.

Argraffiad 1af: 1945
2il Argraffiad: 1948
3ydd Argraffiad (argraffiad 1af Melin Bapur): 2024

ISBN:
978-1-7394403-1-2

R. Silyn Roberts

Llio Plas y Nos

Llyfrgell Gymraeg Melin Bapur
Golygydd Cyffredinol: Adam Pearce

MELIN BAPUR

Robert Silyn Roberts (1871-1930)
Tynnwyd y llun rywbryd yn yr 1890au.

Cynnwys

Rhagair...7

Pennod I. *Y Dieithriaid*..........................13

Pennod II. *Stori Gŵr y Tŷ*.....................20

Pennod III. *Plas y Nos*...........................27

Pennod IV. *Y Porth Cyfyng*.....................34

Pennod V. *Llio*.....................................41

Pennod VI. *Gwirio Breuddwyd*.................49

Pennod VII. *Hafod Unnos*......................58

Pennod VIII. *Ryder Crutch*......................63

Pennod IX. *Cariad a Dialedd*...................69

Pennod X. *Stori Ivor*.............................77

Pennod XI. *Y Llofrudd*..........................84

Pennod XII. *Cwmwl yn Clirio*..................88

Pennod XIII. *Stori Llio*..........................94

Pennod XIV. *Bedd ei Fam*.....................102

Pennod XV. *Dedwyddwch*.....................111

Pennod XVI. *Wedi'r Nos*.......................116

Rhagair

Nofel anarferol braidd yw *Llio Plas y Nos* g R. Silyn Roberts. Mae iddi sawl agwedd ryfedd. Cyhoeddwyd y nofel yn wreiddiol ar dudalennau'r *Glorian* yn 1906, ond er mai hi oedd un o'r ychydig rai o'r cannoedd o nofelau Cymraeg a gyhoeddwyd yn ystod y cyfnod 1880-1920 i gael ei chyhoeddi drachefn mewn cyfrol, ni ddigwyddodd hynny tan 1945, bron i ddeugain mlynedd yn ddiweddarach. Cafwyd crin blas arni hefyd: digon i gyfiawnhau ail argraffiad ychydig flynyddoedd wedyn, peth cymharol brin gyda nofelau Cymraeg hyd heddiw. Ni ysgrifennodd ei hawdur ddim byd arall tebyg iddi: nid yw enw Silyn yn un a gysylltir rhyw lawer gyda'r nofel Gymraeg, ac mae ei nofel arall, *Y Ddeilen Aur*, yn nofel antur o natur hollol wahanol; er iddo hefyd gyfieithu nofel Ffrangeg gan y Llydawr Emile Souvestre, *Bugail Geifr Lorraine* (ar gael hefyd gan Melin Bapur) sydd rywfaint yn debycach o ran cymeriad i ramantiaeth *Llio Plas y Nos*. On . Fel bardd y cofir Silyn yn bennaf, a soniwyd amdano ar un adeg fel un o rai pwysicaf ei oes. Mewn erthygl yn y *Traethodydd* yn 1942, aeth Ffion Mai Thomas mor bell ag awgrymu i Silyn ysgrifennu rhai o gerddi orau'r iaith. Teg fyddai dweud fod ei gerddi enwocaf yn delynegion bur rhamantaidd eu naws, ac ystyrir ef yn un o ffigyrau blaenllaw'r mudiad Rhamantaidd mewn llenyddiaeth Gymraeg; yn llai pwysig, hwyrach, na'i gyfoeswyr T. Gwynn Jones ac W. J. Gruffydd, ond ag iddo ran bwysig yn y mudiad serch hynny. Ar drothwy'r ugeinfed ganrif cyhoeddodd gyfrol o farddoniaeth ar y cyd gyda Gruffydd, *Telynegion*, y soniwyd amdano fel carreg filltir yn yr iaith, yn croesawu oes farddonol Ramantaidd newydd yn yr un ffordd ag y gwnaeth cyfrol Wordsworth a Coleridge *Lyrical Ballads* yn Saesneg gan mlynedd yn gynharach.

Anomali felly yw *Llio Plas y Nos* ar sawl cyfryw, ac mae hi'n anodd iawn hefyd ei chategoreiddio fel nofel. Dechreua'r nofel gyda phortread rhamantaidd hyfryd o lyn Llifon; wedyn, cawn glywed am ei thrigolion mewn dull sy'n fwy nodweddiadol o bortreadau cymdeithasol nofelwyr Cymraeg troad yr ugeinfed ganrif. Yn dilyn hyn cawn glywed hanes rhyfedd dirgelwch Plas y Nos, yr hen blasty adfeiliedig sy'n gartref—hwyrach—i ysbrydion a phethau gwaeth na hynny. Mae hyn oll yn arwain i'r awdur deimlo fel ei fod yn cael ei baratoi ar gyfer stori arswyd, antur neu drosedd, ac yn wir mae elfennau o'r rhain i gyd yn llinynnau drwy'r nofel. Ond llinynnau'n unig ydynt yn rhan o gyfansawdd mwy cymhleth sy'n plethu'r syniadaeth Ramantaidd gyda'r elfennau eraill mewn ffordd nad oes ond ei alw'n arloesol yn y cyd-destun Cymraeg.

Beirniadaeth amlwg o'r nofel yw'r ffaith fod y berthynas rhwng Llio a Bonnard mor arwynebol ac ystrydebol, heb sôn am rywiaethol: cyfeirir sawl tro at Llio'n dod yn 'eiddo' i Bonnard mewn ffordd sy'n bur anghyfforddus i ddarllenwyr yr unfed ganrif ar hugain. Prin chwaith y gallwn ystyried Llio ei hun yn ddim mwy na hynny, o ystyried cyn lleied, mewn gwirionedd, o ryddid, annibyniaeth nac yn wir o bersonoliaeth a roddir iddi (y tro cyntaf iddynt gwrdd mae hi'n wag ei meddwl mewn ystyr llythrennol bron, trwy ei fod 'o'i cho'). Mae hi wedi datgan ei chariad iddo ac ymrwymo i fyw gweddill ei bywyd gydag ef, yn llythrennol, cyn hyd yn oed cael gwybod ei enw.

Nid oes amddiffyniad i'w gynnig i'r agweddau mwy problematig yma heblaw nodi mai yn 1906 yr ysgrifennodd y nofel, er teg nodi hefyd bod *Llio Plas y Nos* yn fwy patriarchaidd ei natur na lawer o nofelau eraill y cyfnod, gan ddynion yn ogystal â merched.

Ond o ran y feirniadaeth fwy penodol fod perthynas rhamantus y nofel yn *afrealistig*, at hynny, gellid dweud yn ddigon teg fod y feirniadaeth honno'n methu bwriad y llyfr. Mae'r naratif yn crybwyll 'hen sifalri addolgar y canoloesoedd', ac yn y bôn, ymgais yw *Llio Plas y Nos* i roi rhamantau canoloesol mewn gwisg yr ugeinfed ganrif. Taith Bonnard i Blas y Nos yw ei ymchwil sifalrig, ei *quest*. Mae'n rhaid iddo wynebu peryglon amrywiol—ar ei ben ei hun, wrth gwrs—trechu'r bwystfil, ac achub y ferch. O'r safbwynt hyn felly mae beirniadu perthynas Bonnard a Llio am fod yn afrealistig gyfystyr â beirniadu Olwen, Enid neu Iarlles y Ffynnon yn y *Mabinogion* am fod felly, neu'n wir, â beirniadu *Culwch ac Olwen* am na fu'r Twrch Trwyth yn bodoli mewn gwirionedd. Nid portread realaidd, seicolegol o'r meddwl dynol fu bwriad dim un o'r testunau hyn; na chwaith *Llio Plas y Nos*.

Ni ellir cyflwyno'r nofel hon chwaith heb ychydig eiriau hefyd am ei baragraffau olaf, sy'n ddigon annelwig eu hystyr, ond yn hynod serch hynny. Sonnir bod Gwynn wedi dod yn beintiwr enwog a bod un o'i ddarluniau'n cael ei ystyried yn un o'r portreadau gorau erioed o anobaith. Cawn wybod wyneb hardd yn britho'i luniau, ond *nad* wyneb Llio ydyw, er mai hi yw'r 'unig ferch' o'i gydnabod, ac er ei bod hithau 'megis chwaer' iddo a'i bod yn gwybod fod 'drain yn ei fynwes'. Ni chawn wybod yn union beth yw'r drain hyn, ond ai awgrym yw hyn oll y bu yna berthynas hoyw rhwng Gwynn a Bonnard, neu o leiaf atyniad cyfunrhywiol ar ran Gwynn tuag at Bonnard? Mae'n annelwig, ond os na fwriadwyd i ni ddeall mai wyneb Bonnard sydd yn y lluniau hyn, yna wyneb pwy? Ychydig iawn o gymeriadau eraill sydd yn y nofel, ac yn yr ychydig iawn o fewnwelediad y cawn ar gymeriad Gwynn un o'r ychydig bethau y cawn gwybod yw bod y cyfeillgarwch rhyngddo ef a Bonnard yn gryf iawn. Cydio mewn gwellt, efallai, ond hwyrach y byddai cyfeiriadau at gyfunrhywioldeb mewn llenyddiaeth yn 1906 yn bethau amwys, wrth anghenraid; ac os nad hyn a fwriadwyd yna anodd iawn yw meddwl at beth arall yn union y mae'r awdur yn cyfeirio gyda'r paragraffau rhyfedd hyn. Mae'n ddirgelwch, ac yn un a aeth, i ddefnyddio geiriau Silyn ei hun, drwy "ddorau priddellau'r dyffryn" gyda'r awdur.

A. P.   2024

LLIO PLAS Y NOS

Pennod I.
Y Dieithriaid

Gwyn eu byd yr adar gwylltion,
Hwy gânt fynd i'r fan a fynnon;
Weithiau i'r môr, ac weithiau i'r mynydd,
A dod adref yn ddigerydd.
(Anhysbys)

Araf ddringai cysgodion trymion y nos ar hyd llethrau
creigiog geirwon mynyddoedd Arfon, gan adael gwaelod
Dyffryn Llifon mewn gwyllnos prudd. Bu'r dyffryn hwn
amser maith yn ôl yn un o fannau prydferthaf Gogledd
Cymru, ond yr adeg honno nid llawer o bobl a fu'n gweld
ei harddwch. Ychydig deuluoedd gwledig yn byw ar log y
diadelloedd defaid yn niniweidrwydd a distawrwydd y
mynyddoedd mawr oedd ei breswylwyr. Ond, er symled a
thaweled bywyd felly, nid oedd heb wybod am chwerthin
ac wylo, llawenhau a thristáu. A phe câi ysbrydion y
gorffennol yng nghilfachau'r nentydd gennad i siarad, caem
glywed ganddynt gathlau beirdd ebargofiant a ganai gynt
am fod tristwch melys serch yn chwyddo ac yn clwyfo'r
fron, a dagrau gobaith chwerw'r bedd yn rhedeg dros y
rudd. Eithr mud yw'r gorffennol dros amser, ac erys ei
ramant fwyaf gwir heb ei datguddio.

Aeth dyddiau'r harddwch tawel heibio. Sangodd troed y
mwynwyr ar y ddôl a'r mynydd. Torrodd ei raw a'i drosol
wyneb glas y fron i gael hyd i'r llechfaen. Nid hir y bu cyn
i sŵn y mwrthwl a'r ebill erlid o'r lle holl gyfaredd y bywyd
bugeiliol. Dihangodd y Tylwyth Teg—cymdogion diddan,
dialgar, chwareus yr hen deuluoedd—o'r nentydd a'r
cymoedd; ac o hyn allan ni chymerent fenthyg llais y

gornant, na si floesg y ffrwd, i ddweud eu meddyliau wrth
ddynion. Yn lle brefiadau'r defaid a'r ŵyn, ac udo ambell gi
unig a phrudd, pethau'r dyddiau a fu, clywir heddiw dwrf a
dwndwr diddiwedd y chwarelau. Ar hyd ochrau'r nant
adeiladodd llaw anghelfydd yr oes hon resi o dai diaddurn
a hagr, pob un yn y rhes yr un ddelw â'i gymydog. Gynt,
gwenai a gwgai wynebau dau lyn eang, teg, ar waelod y
dyffryn, wrth ddilyn gwên a gwg y nefoedd anwadal.
Ohonynt rhedai afon igam-ogam ar hyd gwaelod y dyffryn,
heb ofer brysuro, ond dewis y ffordd hwyaf rhag marw yn
y môr cyn ei hamser. Ond nid oedd gwerth ar bethau fel
hyn yn y farchnad heddiw. Felly, tywalltwyd rwbel y
chwarelau i'r llyn nes ei wasgu i gornel; yntau yn ceisio
achub ei gam, ac yn boddi dwy neu dair o'r chwarelau. Eto,
cryfach na'i ddialedd ef fu cyfrwystra celfyddyd; agorwyd
rhimyn o ffos union ac anolygus ar hyd y nant i lyncu ei
nerth, a'i ladd; ac ni cheir ohono heddiw ond ei
goffadwriaeth ar fant * grynedig hynafgwyr penllwyd y
dyffryn. Agennwyd a thyllwyd ystlysau heirdd y bryniau, ac
ymlidiwyd eu harddwch o fod.

  Y noswaith hon, gadawsai'r chwarelwyr eu gwaith ers
dwyawr, ac eisteddent ar hiniogau eu tai, ac ar waliau'r
gerddi bach o flaen eu drysau, i ymddiddan am y peth yma
a'r peth arall, cyflwr y farchnad lechi, yr Eisteddfod, a
rhagolygon y côr a'r band ynddi, a'r cyfarfod pregethu a
oedd wrth y drws. Eisteddent yn dawel nes dyfod yr arwydd
dyddiol i droi i mewn am swper, ac wedyn i'r gwely. Yr
arwydd hwn oedd dyfodiad "y trên dwaetha" i'r orsaf. Ni
ellid dychmygu am chwarelwr parchus yn y darn hwnnw o'r
pentref yn troi i'w wely heb weld y trên diwethaf yn dyfod
i mewn, a gwybod pwy a fuasai yn y dref, a phwy a ddaethai
adref am dro.

---

* 'Mant' yw'r gair yma cyn ei dreiglo; gair arall am geg; h.y. dim ond o
gegau'r hen wŷr y clywir am y nant bellach.

Cawsid hin deg a chynnes ers wythnos, ond heno argoelid ystorm ers oriau. Edrychai'r wybren ddu feichiog yn fygythiol, a phroffwydai'r "hen ddwylo", dan ysgwyd eu pennau, y ceid mellt a tharanau a chenlli o law cyn y bore. Disgynnai ambell ddiferyn bras eisoes, ond ni ddaethai'r glaw eto; cymerai ei amser yn hamddenol, fel y gwna storm fawr sydd yn ymwybodol o'i nerth ac ehangder difrod ei rhyferthwy.

Ynghanol y twr chwarelwyr a eisteddai i ymgomio ger yr orsaf, safai John Thomas, "yr hen ŵr bonheddig", fel y gelwid ef gan ei gymdogion, a dyma Huw Rymbol, hen gymeriad arall yn yr ardal, yn hercian wrth ei ffon tuag ato, a'i gyfarch.

"Sut rwyt ti, John Thomas?" eb ef, mewn llais gwichlyd. "Mae hi'n debyg iawn i ryw dywydd, on' tydi hi? Roedd hi'n braf ddoe, ond 'toes dim dyn byw ŵyr sut fydd hi 'fory."

"Wel, ydi," atebodd John yn araf a sobr, " gobeithio y deil hi nes daw'r trên i mewn."

Ar hynny, clywid chwibaniad y trên wrth ymyl, a'r munud nesaf dyma hi'n dyfod heibio i benelin y ffordd, ac i'r orsaf. Ohoni daeth dau ŵr ieuanc yn teithio yn y dosbarth blaenaf, â golwg uwchraddol arnynt.

"Byddigions," oedd barn y chwarelwyr, mewn sibrwd o glust i glust. Estynnodd un o'r ddau swllt i unig was yr orsaf, a gofyn iddo ofalu am eu clud; holodd ef ymhellach am gerbyd i fynd i Westy'r Llew Coch: a chyn pen deng munud yr oeddynt ym mharlwr y gwesty, a Mr. Edwards, gŵr y tŷ, yn llawn busnes a gofal o'u deutu. Nid oedd Gwesty'r Llew Coch yn dŷ mawr na rhadlon yr olwg arno. Tafarn dipyn gwell na'r cyffredin ydoedd; eto gwelsai Mr. Edwards yn nyddiau ei ieuenctid wleddoedd mawrion gwestai gorau Llundain, ac aml oedd ei atgofion am y dyddiau hynny yn ei oes pan arferai weini ar arglwyddi. Ni chollasai eto mo goethder y dyddiau a fu; ac er nad oedd y Llew Coch yn

llewyrchus yr olwg oddi allan, cafodd y gwŷr ifainc yn fuan
nad oedd angen lle mwy cysurus nag o dan nenbren Mr.
Edwards.

A hwy uwchben eu cinio, fe geisiwn ninnau well
adnabyddiaeth ohonynt. Gŵr ieuanc tua saith ar hugain
oed ydyw un, ei wallt a'i lygaid yn dduon, a'i wyneb
lluniaidd yn llwyd a thenau; ei finflew hefyd yn ddu, a'i
wefusau'n deneuon a thynion, yn awgrymu penderfyniad
di-ildio. Hwyrach, o hir syllu ar yr wyneb, a'r llygaid tywyll
breuddwydiol hyn, a gweld y fflach danllyd ar adegau yn eu
dyfnder trist, y tybiai'r craff fod y gŵr ieuanc wedi byw
blynyddoedd hirion trymion o flinder a phoen. Y mae pum
mlynedd ar hugain ambell ddyn difrif yn hwy na thrigain
mlynedd llawer oferddyn gwag; a throdd noson o waddod
chwerwder einioes y gwallt du yn wyn fwy nag unwaith.
Beth yw gofid cudd y dyn ieuanc? Ai tybed y daw i'r golau
cyn y collwn olwg arno rhwng tonnau amser? Ivor Bonnard
ydyw'r enw a roddes ar lyfr y gwesty.

Nid oes ronyn o debygrwydd iddo yn ei gydymaith. Saif
ef yn ddwylath o daldra, â dau lygad glas llawen, a gwallt
golau modrwyog ar ei dalcen uchel ac onest. Amlwg yw ei
fod wedi datblygu ei gyhyrau mewn ysgol a choleg. Nerthol
a grymus ydyw pob migwrn ac asgwrn o'i gorff. Mab ac
etifedd ydyw ef i un o hen deuluoedd parchusaf Cymru,
Cymro o'r Cymry. Adwaenid ei dad fel Cymro cyfoethog
llwyddiannus mewn byd ac eglwys, fel Rhyddfrydwr ac
Aelod Senedd, un o'r Cymry trwyadl cyntaf i wneud enw
iddynt eu hunain yn Senedd Prydain, un o'r ychydig a
osododd i lawr sylfeini cedyrn Cymru Fydd. Gwynn Morgan
ydyw enw ei fab. Cafodd bob mantais y gallai arian ei sicrhau
mewn ysgol a choleg, a thyfodd yn feistr pob mabol gamp,
ac yn ysgolhaig gwych. Daeth adref o Rydychen wedi ennill
anrhydedd gradd y Brifysgol, a rhwyfo ei chwch i
fuddugoliaeth yn erbyn Caergrawnt. Yr oedd hynny

flwyddyn yn ôl bellach; wedyn bu'n teithio'r byd i orffen ei gwrs addysg; aethai oddi amgylch wrth ei bwysau, gan aros a dysgu a sylwi ymhobman. Rhyw bum mis yn ôl, ac ef ar y pryd ym Mharis wych, y dref harddaf a llonnaf ar wyneb y ddaear, damweiniodd iddo gyfarfod ag Ivor Bonnard, Ffrancwr coeth ei feddwl a difrif ei wyneb, hyddysg mewn lliaws o ieithoedd, a'u llenyddiaeth. Nid hir y bu'r ddau cyn dyfod yn gyfeillion mawr. Un diwrnod, synnodd Gwynn Morgan ddeall bod y Ffrancwr prudd breuddwydiol yn medru Cymraeg gweddol, er nad cywir treigliadau ei gytseiniaid bob tro. Tynhaodd hyn gadwynau eu cyfeillgarwch, ac ar wahoddiad Morgan addawodd Bonnard ymweld â Chymru yn ei gwmni. Ni buont ynghyd yn hir cyn i'r Cymro ddweud ei holl hanes syml wrth y Ffrancwr; ond, er na sylwasai ar hynny, rhyfedd cyn lleied a wyddai ef o hanes y gŵr tywyll, trist, a deithiai yn ei gwmni tua bryniau gwlad ei enedigaeth. Er hynny, diffuant oedd eu cyfeillgarwch, a chryf eu serch y naill at y llall. Pe gofynasid i Gwynn Morgan pam y daethent i Ddyffryn Llifon, nid hawdd fuasai iddo ateb; hwyrach y dywedasai mai damwain a'i harweiniodd yno. Ond ni fu raid iddo fyw lawer yn hwy cyn gweld cyn lleied a wnaethai damwain i drefnu'r daith hon.

Trown yn ôl bellach at y ddau deithiwr yn y gwesty, a chawn y cinio drosodd, a'r Cymro ieuanc cyfoethog wedi erchi *cigars* gorau'r tŷ, a gwahodd Mr. Edwards i ymuno ag ef yn eu hysmygu. Nid ysmygai Bonnard yn union wedi cinio, a sylwasai'r gwestywr na wnaethai fwy na phrin gyffwrdd y danteithion o'i flaen. Yn fuan, syrthiodd Bonnard i ryw fath o synfyfyrdod breuddwydiol; syllai yn hir i'r tân, heb symud na llaw na throed. Ond nid felly Morgan; ym mwg y myglys rhyddhawyd tafod y ddau, ac yr oeddynt yn fuan yn trin golygfeydd y gymdogaeth.

"Oes bosib mynd oddi yma i Feddgelert, heblaw hefo'r trên?" holai Morgan.

"Oes, siŵr," atebodd Mr. Edwards, gan ymsythu yn ei gadair freichiau; " mi ellwch fynd yno ar ych union rhwng y mynyddoedd; mae hi'n ffordd go lew i'w cherdded hefyd, ac yn ffordd drol symol, syr."

"Wyddoch chi am rywbeth diddorol, a gwerth i weld, ar y ffordd i Feddgelert?"

"Wel, mae yna fryniau a mynyddoedd, a fonydd a llynnau, ar hyd y ffordd; wrth gwrs, rydech chi'n pasio troed y Wyddfa, a phetaech chi'n edrych o ben y Wyddfa mi welech y wlad odanoch chi yn frith o lynnau. Wn i ddim fyddwch chi'n hitio rhywbeth mewn barddoniaeth. Mi fydda i'n meddwl bod yr hen Gwilym Cowlyd yn i tharo hi'n dda odiaeth yn yr englyn hwnnw i lynnau'r Wyddfa."

"Sut mae o'n mynd, deudwch?" gofynnodd Morgan.

"Wel, dyma fo, os nad ydw i wedi i anghofio:

> Y llynnau mawrion llonydd—a gysgant
> Mewn gwasgawd o fynydd;
> A thyn heulwen ysblennydd
> Ar len y dŵr lun y dydd.

"Go lew, yr hen Gowlyd, on'te, syr?"

"Ardderchog," atebodd Morgan, â gwên pleser ar ei wyneb. " Rhaid imi gael yr englyn yna yn fy llyfr, Mr. Edwards."

Allan â'r "llyfr" ar y gair; ac adroddodd Mr. Edwards yr englyn fesul llinell, a Gwynn Morgan yn ysgrifennu. Fel llawer o fechgyn cyfoethog ei oes yng Nghymru, gwyddai'r bonheddwr ieuanc hwn fwy am lenyddiaeth pob gwlad bron nag am un ei wlad ei hun. Ond nid ar y bechgyn yr oedd y bai, eithr ar y gyfundrefn addysg a wnaeth y Gymraeg yn iaith waharddedig ac ysgymun yn yr ysgolion.

"Beth arall sydd yna yn werth 'i weld, Mr. Edwards?"

"Wel, mae yna gwm ar y dde ar y ffordd i Feddgelert, a choed a phrysgwydd yn llenwi ei enau yn awr. Ond pe cerddech drwyddynt i fyny'r cwm tua phedair milltir, fe ddeuech at hen blasty unig, trymllyd, heb neb yn byw yno ers dros ugain mlynedd, a'r eiddew a'r coed bron wedi ei guddio o'r golwg bellach, reit siŵr. Plas y Nos y bydd pobol yn i alw fo." Ac wrth iddo enwi'r lle, rhedodd ias o arswyd trwy gorff y gwestywr. Trwy gydol yr ymddiddan, eisteddasai Ivor Bonnard yn hollol lonydd; ond yn awr, cododd ei lygaid duon, â rhyw fflach ddieithr ynddynt, a sefydlodd hwy am funud ar Mr. Edwards. Yr eiliad nesaf, tynnodd ei lygaid oddi arno, gan eu sefydlu unwaith eto ar fflamau gleision y tân.

Pennod II.
Stori Gŵr y Tŷ

Deffrodd arswyd amlwg gŵr y tŷ chwilfrydedd Gwynn Morgan ynghylch Plas y Nos, ac eb ef:

"Gadwch imi glywed chwaneg am Blas y Nos, Mr. Edwards. Hwyrach y bydd yr hanes yn ddiddorol i Mr. Bonnard hefyd."

Edrychodd gŵr y tŷ ar Ivor Bonnard, ond ni chymerai hwnnw ddim sylw o'r peth, eithr parhau i syllu'n synfyfyriol i'r tân. Er hynny, dechreuodd Mr. Edwards ar ei stori.

"Does neb yn gwybod llawer i sicrwydd am y lle yna; a mae'n anodd iawn gwybod be sy'n wir, a be sydd ddim. Mae o wedi'i adael yn llwyr i adfeilio rŵan ers tuag ugain mlynedd, neu well. Yn wir, byth er pan ddaeth Lucas Prys i fyw iddo chafodd o fawr o edrych ar i ôl, a mae enw gwaeth o hyd yn mynd i'r lle. Mae o wedi cael 'i alw yn Blas y Nos er pan 'own i'n fachgen, a chyn hynny hefyd, a mae hynny rŵan dros hanner can mlynedd yn ôl."

"Mae'r lle yn bur hen, felly?" gofynnodd Gwynn.

"Bobol annwyl! ydi, maen nhw'n barnu i fod o tua thri chant oed, beth bynnag, a mi glywais i'r hen Mr. Richards, y person, yn deud bod y lle yn siŵr o fod yn bedwar neu bum cant oed, a hen bero go sownd oedd o am wybod hen bethau."

"Maddeuwch imi am fynd ar ych traws chi, ewch ymlaen," meddai Gwynn.

"Wel, mi glywais ddeud bod y stad yn perthyn erstalwm i Wyniaid Gwydir. Ond dwn i ddim sut yr aeth hi o'i dwylo nhw. Mi glywais 'y nhaid yn deud bod rhyw Mr. Ramsden yn byw yno pan oedd i dad o'n fachgen bach, a chreadur

ofnadwy oedd hwnnw. Mi roedd o'n perthyn i ryw glwb
yn Llundain, 'Clwb Uffarn Dân' y bydden nhw'n i alw fo,
ac yn y fan honno y bydda fo lawer iawn o'i amser. Ond
at ddiwedd y flwyddyn mi fyddai'n dŵad i Gymru i saethu,
a lot ofnadwy o'i gymdeithion annuwiol hefo fo. Roedden
nhw'n swel anarferol, ond doedd waeth ganddyn nhw
ladd dyn mwy na saethu petrisen. Feiddiai yr un ferch fynd
allan o'r tŷ ar 'i phen 'i hun tra bydden nhw hyd y fan yma.
Ond ryw ddiwrnod mi gafwyd yr hen Ramsden wedi'i
fwrdro—rhywun wedi rhedeg i gleddau trwy 'i galon o, ag
yntau wedi marw ar y parc. Ac erbyn mynd at y tŷ, roedd
y lle wedi'i gloi i fyny, a'i adael. Dw i'n meddwl mai dyma
pryd y dechreuodd y lle gael enw drwg. Mi fyddai pobol
yn tyngu bod ysbryd Ramsden yn cerdded, a mi welodd
cefnder i dad 'y nhaid yr ysbryd yn sefyll dan gysgod
coeden yn ymyl giât y parc, a chleddau yn 'i galon! Ac mi
fuo'r lle'n wag am flynyddoedd ar ôl hynny. Wedyn, mi
ddoth hen greadur digri iawn yr olwg arno o Lundain yno
i fyw, ond mi gafodd 'i ddychryn gymaint yno cyn pen
deufis ar ôl dŵad, fel y gleuodd o hi yn 'i ôl gynted gallai
fo, ag mi glywais ddeud na fuo fawr o lewyrch arno fo
byth wedyn, a'i fod o wedi marw'n fuan iawn. Mi fuo'r
hen dŷ yn wag wedyn am rai blynyddoedd, ond mi ddoth
yno ddyn canol oed i fyw, ag mi fuo yno am rai misoedd 'i
hunan. Wedi hynny, mi gwelwyd o yn cerdded ar hyd y
parc, a dau ddyn bach, melyn, fel Indiaid, yn cerdded ar 'i
ôl o. A dyna'r olwg olaf gafodd neb arno'n fyw. Mi
ddiflannodd i rywle, a'r dynion melyn hefo fo. Mae rhai'n
tyngu hyd heddiw mai cael 'i fwrdro ddaru o, ag mae hen
wraig o'r enw Nanni Wiliam y Sgubau yn tyngu 'i bod hi
wedi gweld 'i ysbryd o, pan oedd hi'n eneth ifanc ag wedi
mynd ar draws y parc yn y nos i fyrhau'r ffordd adre—mi
gwelodd o, meddai hi, ar 'i hyd ar lawr yn y gwelltglas, a'r
ddau ddyn melyn yn 'i dynnu oddi wrth 'i gilydd, ag yntau

yn sgrechian yn ofnadwy. Ond stori Nanni Wiliam ydi
honna, a dydw i ddim yn 'i choelio hi fy hun."

Ond er gwaethaf yr haeriad hwn, yr oedd wyneb Mr.
Edwards dipyn yn welwach nag arfer, ac ar yr esgus fod
siarad cymaint yn sychu ei wddf, estynnodd ei law at
lestraid o win; llyncodd ef ar frys, â Gwynn Morgan yn
cilwenu, ac yn tanio myglysen arall wrth ei wylio. "Be fu
wedyn?" gofynnodd Morgan.

"Mi fuo'r lle'n wag am amser, a doedd neb yn meddwl
yr âi undyn yno i fyw wedyn, ag y gadewid y lle i
ddadfeilio. Ond er syndod i bawb, mi ddoth dynion
diarth o Loegr i'r ardal i atgyweirio'r hen blas. Ond fuo
nhw ddim yno fwy na phythefnos. Ac wedyn mi ddoth
gŵr bonheddig o'r enw Mr. Lucas Prys yno i fyw. Roedd
hynny tua phum mlynedd ar hugain yn ôl. Dyn hollol
ddiarth i bawb oedd y gŵr bonheddig yma, ond roedden
nhw'n deud 'i fod o o deulu uchel, ag yn gyfoethog iawn.
Roedd ganddo fo wraig, dynes o un o'r gwledydd tramor;
mi glywais mai o Ffrainc yr oedd hi, a'i bod hi'n eneth
ieuanc dlws anghyffredin, ond welais i moni hi fy hun.
Mi roedd ganddyn nhw fachgen bach dwyflwydd ond; mi
welais i hwnnw yn y pentre hefo'i nyrs, ond Ffrangeg
oedd honno, a ches i ddim sgwrs hefo hi. Roedd llawer
iawn o siarad amdanyn nhw, ond doedd neb yn gwybod
fawr i sicrwydd. Dyn canol oed, â golwg drist a
phruddglwyfus dros ben arno, oedd Mr. Lucas Prys, ag
mi roedd o'n Gymro, ag yn medru siarad Cymraeg â
thipyn o lediaith, fel petasai fo wedi'i fagu yn Lloegr, neu
rywle felly. Mi fûm i'n siarad hefo fo ar y ffordd am
funud neu ddau unwaith, ond ches i fawr gyno fo; roedd
o'n brysur eisiau 'ngadael i. Roedd golwg dyn wedi torri'i
galon arno fo rywsut. Mi roedden nhw'n deud bod
ganddo fo ddigon o arian, ond dwn i ddim pam y doth o
i fyw i le fel Plas y Nos."

"Rhyfedd iawn, rhyfedd iawn," meddai Morgan. Eistedd yn ddistaw a breuddwydiol a wnâi Bonnard, fel pe na bai wedi sylwi dim ar stori gŵr y tŷ.

"Dowch, taniwch sigâr arall," ebr Morgan wrth ei westywr, ac estyn y llestr a'u daliai ato.

"Na, diolch ichi, syr," meddai hwnnw, "mae'n well gen i bibell, gyda'ch cennad. Mi fydda i'n licio sigâr yrŵan ag yn y man, ond mae pibell yn well i fyw arni." Yna dechreuodd lenwi ei bibell yn hamddenol a gofalus, ac wedi ei thanio, sugnodd y mwg yn ddistaw am funud neu ddau; edrychai fel pe bai'n sugno i gof yr un pryd, er mwyn galw pob ffaith ymlaen yn glir, rhag gwneud cam â'r hanes. Wedi ysmygu ennyd, tynnodd y bibell o'i enau, a daliodd hi o'i flaen, â bys cyntaf ei law dde yn fodrwy dros ei choes.

"Ond i orffen y stori," meddai, "fu Mr. Lucas Prys a'i deulu ddim llawn blwyddyn yn y Plas cyn i bethau rhyfedd ddechrau digwydd. I ddechrau, mi fu Mr. Prys 'i hun farw yn hollol sydyn ag annisgwyliadwy. Dydw i ddim yn gwybod 'i fod o wedi cael cam o fath yn y byd, ond roedden nhw'n awgrymu pob math o bethau ar y pryd. Ydech chi'n gweld, roedd y peth mor sydyn; er nad oedd Mr. Prys ddim yn ddyn graenus a thew fel y fi, eto roedd o'n edrych yn hollol iach a chryf. Ond wyddai neb yn iawn beth oedd wedi digwydd. Doedd y wraig na'r morynion ddim yn deall dim Cymraeg, na'r nesa peth i ddim Saesneg, a Ffrangeg fydden nhw'n 'i siarad yn y tŷ; felly, doedd dim modd cael fawr o'r hanes gan neb oedd yn 'i wybod o. Wn i ddim yn lle claddwyd 'i gorff o, ond rydw i'n tybied mai mynd â fo i ffwrdd yn y nos a wnaethon nhw."

"Dîar mi, rhyfedd iawn," meddai Morgan, ac yr oedd yn amlwg fod ei natur wedi ei chyffwrdd gan stori Plas y Nos. Ond eistedd yn ddistaw a wnâi Bonnard o hyd.

"Ie, wir, roedd rhywbeth rhyfedd yn y cwbl i gyd," dechreuodd Mr. Edwards drachefn; "yn union wedi marw

Mr. Prys, mi ddoth gŵr bynheddig diarth i'r Plas, na wyddai neb ar wyneb y ddaear pwy oedd o, na beth oedd o'n geisio. Y peth nesa glywsom ni oedd fod y bachgen bach a'r nyrs wedi mynd i ffwrdd i Ffrainc. Reit fuan wedyn, dyma'r stori fod Mrs. Prys ar goll. Mi redodd y forwyn i ffwrdd, ag at berson y plwy, ond fedrai hwnnw ddim 'i ddeall hi'n iawn, ond mi gasglodd fod Mrs. Prys wedi dengyd ar ôl y bachgen bach, ag nad oedd neb yn y Plas ond y gŵr bynheddig diarth, Mr. Crutch, ag nad oedd o ddim ar berwyl da. Ond wrth nad oedd neb yn deall y Ffrangeg, mi aeth i ffwrdd i'w gwlad i hun, a wnaeth neb fawr o ddim am rai dyddiau. Ond pan aeth rhywun at y Plas, mi gafwyd bod y lle wedi'i gloi i fyny, a'i adael. Felly mae o wedi bod byth er hynny hyd yn awr. Ond mae pob math o bethau wedi bod yn cael 'i ddeud, a does neb yn unlle ffordd yma a fentrai yno pe cawsai fo'r lle am fynd. Mae sôn fod yno arian a phethau gwerthfawr, a llawer o hen ddodrefn derw, ond fentrai neb ar i cyfyl nhw tasen nhw'n aur melyn i gyd. Dydw i ddim yn gwybod pwy biau'r lle yn awr, a chlywais i ddim ers dros ugain mlynedd fod ar neb eisiau ei rentu o."

"Oedd 'na ryw amheuaeth fod yna gam chwarae wedi bod ynglŷn â Mrs. Prys, neu rywbeth felly?" gofynnodd Gwynn Morgan.

Am y tro cyntaf yn ystod yr ymgom, cododd Bonnard ei Ben, a hoeliodd ei lygaid duon, treiddgar, ar ŵr y tŷ, a hwnnw'n ateb:

"Wir, syr, dyna oedd pobol yn 'i sibrwd; roedden nhw'n deud mai cael 'i mwrdro ddaru hi."

"'I mwrdro! Gan bwy?" gofynnodd Morgan.

Neidiodd Bonnard ar ei draed, ond suddodd eilwaith i'w gadair heb ddweud dim.

"Gan y Mistar Crutch hwnnw, syr," atebodd Edwards, mewn llais isel, hanner ofnus. "Dydw i ddim yn gwybod yn siŵr, ag mae hi'n debyg na cha i byth wybod bellach, ond maen nhw'n deud bod 'i hysbryd hi'n cerdded, a'i fod o wedi ymddangos, a bod sgrechfeydd dychrynllyd a diarth wedi'u clywed. Chymerwn i mo'r gwesty yma am basio y ffordd yna yn y nos." Ac yr oedd yn amlwg erbyn hyn ar lygaid Edwards nad cysurus ganddo oedd edrych tu ôl i'w gefn..

"Lol botes," meddai Morgan; "mae stori fel yna yn dygymod â hen wrachod i'r dim. Mi a' i i weld y lle yr un fath yn union. Does arnom ni ddim ofn gweld ysbrydion, a oes, Ivor?"

Cododd Bonnard ei lygaid duon i fyny am eiliad, a meddai mewn llais dwfn, tawel: "Mi garwn yn fawr gwrdd ag un!"

"Gobeithio y cymerwch chi ofal mawr, foneddigion," ebr gŵr y tŷ, yn dipyn dewrach erbyn hyn. "Mi glywsom am lofftydd a grisiau cyfan yn dŵad i lawr hefo'i gilydd mewn hen dai fel hyn."

"O, mi gymerwn ni bob gofal, Mr. Edwards," ebr Morgan, dan wenu.

Ar hynny, cododd gŵr y tŷ: "Mae hi agos yn hanner nos, felly rydw i'n ych gadael chi, a diolch yn fawr ichi am ych caredigrwydd. Pryd y ca' i ych galw chi fory, syr?"

"O, does dim angen galw, diolch ichi. Mi fydd Mr. Bonnard yn 'y neffro i ar doriad gwawr, mae'n debyg iawn."

"O'r gorau, syr. Nos dawch, foneddigion."

Eisteddodd y ddau yn ddistaw am ennyd nes gorffen eu myglysenni. Yna awgrymodd Bonnard mai gwell fyddai iddynt hwythau ddilyn esiampl eu gwestywr.

"Dowch, mae hi'n bur hwyr," meddai; "mi fydd ychydig o gwsg yn gwneud y tro i mi, ond rhaid i chi gael digon."

Cyn pen deng munud, dywedasant "Nos dawch" wrth ei gilydd, ac aeth pob un i'w ystafell, ar feddwl codi'n fore i fynd am daith i Blas y Nos; ac yr oedd Morgan yn falch ei fod wedi cael hyd i anturiaeth mor ffodus wrth ymddiddan â gŵr y tŷ. Meddyliai mai ef oedd yr arweinydd. Beth a feddyliai Ivor Bonnard?

Pennod III.
Plas y Nos

Y llwybrau gynt lle bu'r gân
Yw lleoedd y dylluan.
(Ieuan Brydydd Hir)

Nid yw'n debyg fod yng Nghymru, o ben Caergybi i ben Caerdydd, hen adfail pruddach a thrymach ei olwg na Phlas y Nos. Nid hir y gallai'r llygaid orffwys arno heb i'r meddwl ddechrau teimlo bod ysbrydion gwelwon yn ymrithio o'i amgylch, a chwedlau'n crynu ar eu mantau mud, a anfonai iasau meinion dychryn drwy galon y glewaf. Ymadawsai pob arwydd o fywyd dynol o gymdogaeth ei furiau, a throstynt gorffwysai distawrwydd unig, fel mantell gyfaredd Brenin Braw.

Rhedai ffordd gul ac anaml ei theithwyr drwy'r cwm lle y safai'r hen blas. Cuddid y tŷ bron yn hollol gan y coed tal a di-drefn a'i cylchynai. Bu yno unwaith ardd eang a thlws, ond aethai'n gwbl wyllt flynyddoedd cyn hyn; tagasid popeth gan y chwyn tew, a thebycach oedd i ddarn o goedwig nag i ardd. Nid hawdd oedd gweld mewn llawer lle fan terfyn yr ardd a'r coed, oherwydd cwympo o'r mur, a diflannu dan haenau blynyddoedd o ddail coed a glaswellt. Safai'r dorau heyrn yn eu lle o hyd, ond eu bod wedi suddo i'r ddaear, a'r coed wedi eu cuddio nes ei bod yn anodd dyfod o hyd iddynt yn nrysni'r llwyni.

Adeiladasid yr hen blas yn yr amser gynt, "pan oedd Bess yn teyrnasu", fel y gwelai llygaid y cyfarwydd ar unwaith oddi wrth luniad y conglau a'r ffenestri; ac fel holl adeiladau urddasol y cyfnod euraid hwnnw, yr oedd yn bur fawr. Dyma'r adeg yr enillodd y Cymry eu coron a'u hunan-

barch yn ôl o afaelion tynion Siôn Ben Tarw*. Wedi ennill
ei hannibyniaeth yn ôl yn anrhydeddus, ymdawelodd
Cymru yn ei lle yn yr ymerodraeth fawr. Daeth pendefigion
Cymru yn brif lyswyr y brenin yn Lloegr, a dechreuwyd
adeiladu plasau heirdd ar hyd a lled y wlad. Un o'r rheini
oedd Plas y Nos. Yn ôl yr hanes a gawn yn Swyddfa'r
Cofnodion yn Llundain, codwyd ef gan Syr John Wynn o
Wydir, ffafr-ddyn enwog y Frenhines Bess, ac nid
annhebyg i'r fanon lawen honno, ar ei thaith drwy Gymru,
aros yng nghadernid Eryri, a derbyn croeso yn unigrwydd
dwfn Plas y Nos. Os gwir hyn, bu ei neuaddau eang yn rhy
gyfyng i nifer y gwŷr llys a rodiai ar hyd-ddynt, a bu tannau
mwynion telynau'r Cymry yn deffro eco creigiau'r fro i
groesawu'r frenhines lon y rhedai eu gwaed yn ei
gwythiennau. Trwchus iawn oedd muriau Plas y Nos, ac fel
y ceid yn adeiladau'r cyfnod hwnnw, rhedai mynedfeydd
dirgel o un ystafell i'r llall drwy'r muriau, â chlocon dirgel
yn symud darluniau, ac yn datguddio drysau cudd i'r mur,
fel na wyddai'r dieithryn byth nifer y drysau i'w ystafell.
Cyfnod dawns a chân, mabol gamp a brwydr, cariad cudd
a direidi cyfrwys, ydoedd hwnnw, ac nid y pruddaf lle ym
Mhrydain oedd Plas y Nos.

Ond heddiw, wrth syllu ar dristwch ac adfail y
gogoniant gynt, nid hawdd dychmygu i londer erioed
chwerthin yng nghynteddau Plas y Nos. Heddiw,
distawrwydd y bedd a deyrnasai yno, adfail yn
warcheidwad, ac anhrefn yn arddwr. Tros y grisiau a
arweiniai at yr hen ddôr dderw, tyfai mwsog yn garped
melyn-wyrdd. Ymguddiai'r llyffaint a'r genau-goeg yn y
glaswellt llaprwth a orchuddiai'r lawnt. Roedd gwydr

* Ffurf Cymraeg ar 'John Bull', yr ymbersonoliad o'r wladwriaeth Eingl-
Brydeinig. Diddorol yw gweld bod Silyn mor hwyr â 1906 yn portreadu
esgyniad y Tuduriaid ('Bess' = Elizabeth I) gyda'u tras Gymreig i orsedd
Lloegr yn fuddugoliaeth i Gymru dros y Saeson.

llawer ffenestr wedi ei dorri, nes dangos y caeadau cryfion
tu mewn. Dringasai'r iorwg gwyrdd i bob congl o'r mur,
nes cuddio harddwch celfyddyd y pensaer. Brwydrai'r
mieri a'r ysgall a'r chwyn am y lle gorau ar hyd rhodfeydd
yr ardd. At y pysgodlyn o flaen y tŷ arweiniai rhesi o risiau
llydain, a'r rheini wedi cwympo'n fwlch mewn mwy nag
un lle, a'r mwsog drostynt; tyfasai alawon a llwyau'r dŵr
nes llenwi'r llyn, a gwisgasai brwyn ei lannau.

Nid hawdd gwybod y cyfeiriad a gymerai dychymyg byw
mewn lle fel hyn. Hwyrach y gwelai yn y gwyll freichiau
gwynion mirain rhyw arglwyddes ifanc yn amser Bess, yn
estyn ei harddwch allan dros ganllaw'r feranda i wahodd
arglwydd ei chalon i'w mynwes, ac yntau dan gysgod y coed
a'i cuddiai yn aros funud i syllu arnynt cyn cychwyn yn
lladradaidd tuag atynt. Dichon mai rhyw Romeo a Juliet a
welai ar doriad dydd yn galaru am dorri o'r wawr, ac er
hynny yn methu cael digon ar felyster geiriau serch, er
gwybod bod oedi munud arall yn ddigon o bosibl i ddwyn
einioes y llanc oddi arno. Dichon mai gweledigaeth arall a
gawsai'r dychymyg, y wawr yn torri yn llwyd ar ymyl y
dwyrain, a dau ŵr yn prysuro i gyfarfod â'i gilydd ar y
llannerch werdd dan y coed; carai'r ddau yr un ferch,
chwenychai'r ddau yr un sedd, neu fethasai'r ddau gytuno
uwchben eu gwin y noson cynt, a daethant i'r farn, er lleted
y byd, nad digon ei led i'r ddau fyw ynghyd. Felly, prysurant
â chleddyfau llymion yn eu dwylo i benderfynu pa un o'r
ddau sydd i aros ar y ddaear.

Y fath gyfnewidiad a ddaethai dros y lle. Heddiw, nid
gwŷr llys, ond tylluanod ac ystlumod, a phethau aflan,
annaearol, ydyw preswylwyr ei furiau, a haws i'r dychymyg
uwchben ei anghyfanhedd-dra oedd gwelddynion meirwon
yn cyniwair yn eu hamdo, a'u lleisiau meinion gwichlyd yn
galaru am y gwaed gwirion a dywalltasant ar y ddaear. Prin
y gellid sefyll am hanner awr yn ymyl yr adfail ar ganol dydd

heb deimlo iasau ofn yn cerdded y corff, ac yn fferru gwaed
y galon.

Ar ddiwrnod gwyntog ym Medi prysur nesâi Morgan a
Bonnard at y lle. Symudai cymylau llwyd-ddu drwy'r
nefoedd, a chodai cysgod pygddu'r storm dros orwel y
gorllewin yn araf, ond yn sicr.

"Diwrnod i'r dim i fynd am dro i gyniweirfa ysbrydion,"
ebr Gwynn Morgan.

Nid atebodd Bonnard air ynghylch y diwrnod na'r fan a
oedd erbyn hyn yn y golwg.

Meddyliai Gwynn fod golwg ryfedd a dieithr wedi dyfod
i wyneb ei gyfaill. "Os peintiwr ydw i, mae Bonnard yn
fardd," meddai wrtho'i hun. Ni wyddai beth oedd ym
meddwl ei ffrind; ni wyddai ddim am chwerwder ei
feddyliau, baich y gorffennol anniddig, ac anobaith dyfodol
ansicr a thywyll.

Cychwynasai'r ddau yn fore, ac erbyn hyn teithiasent tua
phum milltir, drwy fryniau prydferth, a dolydd bychain
gleision yn swatio yn eu ceseiliau, rhag ofn y rhaeadr
trystfawr a fynnai dorri ei wddf yn ei ffwdan ar y clogwyni.
Morgan a fuasai'n siarad y cyfan ar hyd y daith; ychydig
iawn a ddwedasai Bonnard, ac fel y dynesent at Blas y Nos
aethai yn hollol fud.

Beth, tybed, a gymerasai feddiant mor llwyr o'i feddyliau
nes pwyso mor drwm ar ei ysbryd? Dychmygion pruddion
a dieithr wedi eu creu gan ei ddychymyg byw? Ai cysgod
rhyw bechod mawr a orweddai arno nes llethu ei gydwybod?
Edrychai o'i flaen ag aeliau wedi eu gostwng a gwefusau
tynion. Uwchlaw ysgydwai canghennau'r coed, a
chwibanai'r gwynt ei gri wylofus drwy bob mynedfa gul,
anial a thywyll. Yr oedd eu traed ar y llwybr a arweiniai
heibio i ddorau Plas y Nos. Ebr Gwynn:

"Welais i erioed le mor unig; welsom ni ddim ond un dyn
ar hyd y ffordd, ag yr oedd hynny tua thair milltir oddi yma."

"Lle campus i lofruddiaeth," atebodd Bonnard yn dawel a distaw; mor ddistaw a dieithr oedd ei lais fel y troes Gwynn Morgan ato mewn syndod.

"Ie, ond efallai mai anwiredd ydi'r stori am Mr. Lucas Prys."

"Wel, gall hynny fod."

"Yr ydym ni yn ymyl yn awr," ebr Gwynn, ychydig ymhellach ymlaen. "Dyma'r rhes cypryswydd tal y soniodd Mr. Edwards amdanyn nhw. Peth rhyfedd fod neb yn plannu rhes o goed y fynwent yn ymyl i dŷ. Hwyrach 'i bod nhw yn hŷn na'r tŷ," meddai Bonnard.

Safasant. Tuag ugain llath oddi wrthynt, gwelent y porth haearn rhydlyd; a thu draw iddo drwy'r coed caent gipolwg ar yr hen adeilad trymaidd.

Nesaodd Morgan ychydig gamau ymlaen, ond safodd Bonnard lle yr oedd yn llonydd; gwasgodd ei ddannedd at ei gilydd, a'i ruddiau llwydion erbyn hyn yn welwon gan deimlad angerddol. Am foment ymddangosai ar fin llewygu, a cholli llywodraeth arno ci hun; ond ag ymdrech ewyllys cawr, meistrolodd ei deimlad, a nesaodd ymlaen at ochr ei gyfaill.

"Mae'n ddigon hawdd mynd i'r ardd," meddai. "Dowch."

"Y fath le prudd a thywyll," ebr Gwynn, fel y disgynnent i lawr y grisiau o'r ffordd at yr hen blas.

"Ie, digon tywyll i fod wedi'i staenio â throseddau, a'i lenwi ag ysbrydion—ysbrydion, pe medren nhw siarad, a ddwedai'r fath stori am y gorffennol ag a ddychrynai galon y cadarn. Y fath ddarlun a fedrech chi ei beintio o'r fan yma, Gwynn! Dyma'r hen lyn unig yma, a'r helyg galarus yn crymu drosto; ni welwyd pelydr haul ar i wyneb marw ers llawer blwyddyn. Wedyn, golau glas cyfrin y nos uwchben, a seren neu ddwy yn y pellter difesur, a muriau duon trymion yr hen blas yng nghysgodion y coed. Gallech rithio arlliwiau a fuasai'n awgrymu cyniweiried ysbrydion ar y lawnt, ac ni byddai angen chwaneg na'r darlun hwnnw i'ch gosod ar unwaith wrth ochor Turner."

Un uchelgais Gwynn Morgan oedd gwneud enw iddo'i hun fel peintiwr golygfeydd cyfriniol. Credai yn ddiysgog yng nghenhadaeth y Celt yn y gelfyddyd gain o beintio, a bwriadai wneud ei orau i gyflawni dirfawr ddiffyg Cymru yn hyn o beth.

"Da iawn," atebodd, a chwanegodd, gan godi ei ysgwyddau, "ond mae arna i ofn nad oes gen i mo'r ysbrydoliaeth fuasai'n rhoi digon o galon imi i eistedd yma am ddwy awr ganol nos i gynllunio'r pictiwr."

Nid atebodd Bonnard air. Erbyn hyn yr oeddynt trwy'r bwlch yn y mur toredig, ac ynghanol y drysni, y mieri a'r glaswellt hir. Bonnard oedd yn arwain. "Cymerwch ofal mawr," meddai; "mae'r ddaear yn dyllau i gyd, a'r hen wreiddiau yma a'r chwyn wedi cydio yn 'i gilydd yn fachau a rhwydau, a hawdd iawn ydi cael codwm."

Ochneidiai'r gwynt ym mrigau'r coed uwchben, a neidiodd llyffant yn awr ac eilwaith oddi ar eu llwybr, neu ymlusgai'r genau-goeg drwy'r gwellt, wedi dychrynu wrth sŵn dieithr troed dyn.

"Mae gwaeth ymlusgiaid na thi—rhai hacrach a duach," meddai Bonnard, wrth gamu o'r ffordd rhag sathru ar lyffant du dafadennog a eisteddai ar y llwybr gan lygadrythu arnynt mewn syndod dwl â'i wddf yn chwyddo gan ddig.

Tyfai'r coed yn y fath gyflawnder amgylch ogylch y tŷ fel mai anodd oedd cael golwg gyflawn arno o unman. Ond wedi cryn wthio drwy'r prysgwydd, daethant i le y caent olwg ohono ar ran o'r hen adeilad. Yno safasant am ysbaid, a hawdd oedd canfod bod yr olwg arno yn effeithio'n ddyfnach ar deimladau tyner, dwysion Bonnard nag ar eiddo'r Cymro nwyfus a llon. Daeth y gwelwder marwol eto i'w wyneb, a hyd yn oed ar ei wefusau crynedig. Ag ing llym yn nyfnder ei lygaid duon y syllodd yn hir ar y muriau eiddew, a'r ffenestri cudd na welid ohonynt byth belydr goleuni. Amlwg oedd ei fod mewn ymdrech barhaus am feistrolaeth ar deimlad a fynnai ei orchfygu—atgof poen a chwerwder digyffelyb. Er hynny, amhosibl oedd y gallai fod wedi gweld y fan hon o'r blaen. Oni bai fod Gwynn wedi ymgolli yn ei freuddwydion ei hun, buasai wedi sylwi bod teimlad ei gyfaill yn gyfryw na allai hyd yn oed y fangre ledrith hon lawn gyfrif amdano. Erbyn i Gwynn droi ato, fodd bynnag, fe'i hadfeddianasai ei hun.

"Mae rhywbeth annaearol yng ngolwg y lle yma," ebr Morgan.

"Dychrynllyd! Ond dydi'r meirw ddim yn cario chwedlau. Gawn ni drio mynd i mewn?

"O'r gorau," atebodd Morgan.

"A hel yr ysbryd allan! Tybed y gwelwn ni rywbeth o ddiddordeb? Mae golwg digon rhamantus ar y lle i fod â hanes rhyfedd iddo. Dydw i'n synnu dim fod ar bobol ofn dŵad yna yn y nos.

"Na minnau. Ond rhowch inni gael golwg agosach arno fo."

Pennod IV.
Y Porth Cyfyng

Edrychodd Bonnard ar y dorau trwchus yn ofalus, ond amlwg oedd nad hawdd fyddai mynd i mewn trwyddynt i'r tŷ. Yr oedd clo a barrau cedyrn rhydlyd wedi eu sicrhau oddi mewn, a'r rheini heb eu hagor ers llawer dydd, fel y gellid yn hawdd weld. Wedi methu wrth y drws, aethant at yr esgynfa a redai gydag ochr y tŷ, ac edrych ar y ddwy ffenestr. Ond nid oedd yn bosibl eu hagor; yr oedd caeadau cryfion wedi eu sicrhau oddi mewn. Drylliasant y gwydr, ond ni allent gyda'i gilydd fannu dim ar gryfder y caeadau.

Gadawsant y ffenestri, a cherdded o gylch y tŷ yn araf, i chwilio am bob agorfa, a phob lle manteisiol i fynd i mewn; ond ni allent agor yr un o'r drysau na'r ffenestri ar y llawr.

"Mi allwn i ddringo hyd yr eiddew, a chyrraedd ffenest ar y llawr uwchben," awgrymodd Bonnard. Ond ysgydwodd Morgan ei ben.

"Mae hynny'n beth peryglus, Ivor. Peidiwch â thrio; dydi o ddim yn werth ichi beryglu ych gwddw i drio mynd i mewn i hen ogo llygod fel yna. Mi allai'r eiddew ych gollwng, ac i chithau syrthio ar ych pen; a hyd yn oed petasech chi'n cyrraedd y ffenest, efallai 'i bod hi wedi'i chau fel y rhai isa."

"Eitha gwir, Gwynn, ond rydw i wedi penderfynu mynd i mewn i'r hen dŷ yma rywdro."

Chwarddodd Gwynn Morgan.

"Be sy'n peri ichi fod mor selog, Ivor? Does 'na ddim byd tu mewn ond llygod a phryfed cop."

Trodd Bonnard ei ben draw, er mwyn cuddio, efallai, y gwelwder a ddaethai eto dros ei wyneb.

"Rydw i wedi penderfynu mynd," meddai, "a phan fydda i'n penderfynu gwneud rhywbeth, mi fydda i'n 'i wneud o bob amser. Ac mi fydd rhyw fympwyon fel hyn yn dŵad i 'mhen i weithiau."

"Mi fuasai'n dda gen i petasai hyn heb ddŵad i'ch pen chi erioed, Ivor."

"Sut hynny? Roedd arnoch chi'ch hun eisiau mynd i'r tŷ yna funud neu ddau'n ôl."

"Wel, fel y mynnoch chi, ond peidiwch â mynd i beryg, dyna'r cwbl."

Erbyn hyn yr oeddynt wrth gefn y tŷ, ac os oedd anghyfanhedd-dra yn amlwg yn y ffrynt, yr oedd yn llawer mwy felly yma. Ond nid oedd yma chwaith un olwg am fynedfa i mewn. Nid oedd ffenestr y gellid ei chyrraedd oddi ar lawr. A thywylled oedd golwg y rhai a oedd i fyny, edrychai'n debyg fod caeadau oddi mewn i'r rheini hefyd. Gwnaethai llwch a lleithder blynyddoedd hi'n amhosibl i neb wybod i sicrwydd beth oedd eu cyflwr. Ond yn sydyn, canfu llygaid craff Bonnard ddrws wedi ei osod yn ddwfn i mewn yn y mur trwchus, a'r prysgwydd tew yn ei guddio bron yn gyfan gwbl o'r golwg, a chwyn dwy neu dair troedfedd o uchder yn tyfu drwy'r prysgwydd.

Aeth at y drws hwn; gwthiodd ymaith y coed a'r chwyn, ac edrychodd arno'n fanwl. Derw oedd ei ddefnydd, a llawer o farrau heyrn drosto; yr oedd yn bur isel, ond gallai dyn o daldra cyffredin fynd trwyddo, ond gostwng ychydig ar ei ben. Ceisiodd Bonnard ei agor, ond, fel y disgwyliai, ni allai. Chwiliodd y clo yn ofalus, a daeth golau dieithr i'w lygaid; tynnodd anadl hir a distaw. Safai Morgan gerllaw yn gwylio ei gyfaill.

"Wel, oes yna ryw ryfeddod?" gofynnodd, fel y trôi Bonnard ei wyneb tuag ato.

"Wn i ddim," oedd yr ateb, mewn llais crynedig. Edrychodd o'i amgylch, ac yna chwanegodd mewn llais cliriach ac uwch, "Fedrwn ni ddim mynd i mewn y ffordd yma, beth bynnag, Gwynn."

Gafaelodd ym mraich Morgan, a thynnodd ef ymaith yn dyner i fysg y coed. Parai ei ddull rhyfedd a dieithr i Morgan ei ddilyn mewn distawrwydd, hyd oni safodd Bonnard. Yr adeg honno gwelodd Morgan fod llygaid duon ei gyfaill yn fflachio tân.

"Gwynn," eb ef, yn yr un llais dwfn, isel, "mae'r drws yna wedi bod yn agored ers llai nag ugain mlynedd—ers llai na blwyddyn."

"Y nefoedd fawr! Tybed?"

"Mi chwiliais y clo yn fanwl; mae yna agoriad wedi bod ynddo yn ddiweddar; mae'n lân oddi wrth rwd tu mewn, ac ôl yr agoriad ar ymyl twll y clo. Mae ôl troed dyn mewn dau neu dri o leoedd ar y gwelltglas tu allan i'r drws."

"Ydech chi'n meddwl 'i bod yn bosib fod creadur dynol yn byw yn y fath le â hwn?"

"Pwy a ŵyr? Mae dynion i'w cael heb na theimladau na chydwybod; mae ambell i gybydd fuasai'n caru lle fel hyn er mwyn bod ar 'i ben 'i hun hefo'i aur.

"Hwyrach mai rhyw druan ar ffo rhag cyfiawnder sydd yna, ac yn rhyw ddirgel gredu na ddaw swyddogion y gyfraith byth i Blas y Nos i chwilio amdano."

Wrth weldwyneb gwelw Bonnard, a gwrando'r nodyn dieithr yn ei lais, prin y credai Morgan ei fod wedi dweud cymaint ag a oedd ar ei feddwl.

"Wel," meddai, "os felly mae pethau—a dydw i ddim yn credu bod ych tybiaeth chi'n iawn—dydi o fawr o bwys i chi na minnau prun a oes yma rywun ai peidio. Beth fyddai inni gychwyn yn ôl?"

"Os oes gennych chi wrthwynebiad i dorri i mewn i'r tŷ yna, mi ddo i yn ôl rŵan, debyg iawn. Ond mi ddo i yma fy hun y tro nesa, a mi a' i i mewn y tro hwnnw."

Troesant ar hynny i gychwyn yn ôl, a dechrau ymwthio drwy'r drysni dan y coed nes dyfod allan yn y cwm ychydig yn is i lawr na'r fan lle y gadawsent y ffordd gul. Neidiodd Gwynn Morgan yn glir dros y gwrych, ac wedi cyrraedd y ffordd ymsythodd, lledodd ei freichiau, a thynnu anadl hir fel gŵr wedi cael gollyngdod. Yna dywedodd, â gwên lawen ar ei wyneb, nad oedd wedi ymserchu fawr yn y fangre unig, drymllyd, fud, y safai hen adfail Plas y Nos arni, ac na fu erioed mor agos i gael y pruddglwyf yn unman.

Safodd Bonnard yntau ar ganol y ffordd, â'i lygaid yng nghyfeiriad yr hen adfail; ac yn ei drem yr oedd digllonedd, gelyniaeth, a chreulondeb didrugaredd—yr olwg a ddaw i wyneb gŵr nwydol wrth weld ei elyn marwol yn dianc o'i afaelion. Wrth ei weld, aeth ias oer, hanner ofergoelus, dros holl gorff Gwynn Morgan. Daeth yr hen deimlad o ansicrwydd ynghylch ei gyfaill ato â mwy o rym nag erioed; a sylweddolodd am y tro cyntaf leied a wyddai o'i hanes. A pheth anhawster y cyfarchodd ef, mewn llais yn ymylu ar fod yn aneglur:

"Bonnard, beth sy'n bod? Mae 'na ryw ddirgelwch fan yma. Roedd dirgelwch o'ch cwmpas chi bob amser. Ydech chi'n gwybod rhywbeth am Blas y Nos, neu rywun fu'n byw yno?"

"Dowch ymlaen dipyn," atebodd yntau, "ag wedyn mi alla i siarad â chi; fedra i ddeud dim yn y fan yma.

Synnodd Morgan fwy fyth at ddull ei gyfaill, a cherddasant mewn mudandod am tua milltir o ffordd. Collasant eu golwg ar Blas y Nos, a'r cwm y safai ynddo, yng nghysgod un o fryniau tal Arfon.

Safodd Bonnard, a throdd at Morgan.

"Roeddech chi'n deud neithiwr ych bod chi'n ymddiried yno i," eb ef, mewn tôn angerddol. "Parhewch i wneud hynny, ac ar fy anrhydedd, chewch chi mo'ch siomi. Beth bynnag ydw i'n 'i gadw rhagoch chi, rydw i'n gwneud hynny

er ych mwyn chi ych hun, ac nid am nad oes gen i ymddiried
ynoch chi. Does dim swyn ym Mhlas y Nos i mi, ac eto mi
wn i rywbeth amdano. Beth ydi hynny, fy nghyfrinach i ydi
o, a rhaid imi 'i chadw am beth amser yn chwaneg. Hwyrach
y cewch wybod y cwbl ryw ddiwrnod. Rydw i'n bwriadu
mynd i mewn i'r hen dŷ yna, a chwilio am y peth y mynna i
wybod yn 'i gylch o, a mi wna i hynny, deled a ddelo."

Gwthiai ei eiriau allan mewn dull ffyrnig rhwng ei
ddannedd, a Gwynn yn llygadrythu arno mewn syndod.

"Ivor," ebr Gwynn cyn hir, "mi wyddech am y lle yma
cyn dŵad i Gymru."

"Gwyddwn."

Ceisiodd Gwynn dremio drwy Bonnard, a darllen y
dirgelwch; ond parhâi llygaid duon hwnnw i syllu arno
yntau yr un fath, heb newid dim.

"Rydw i mewn mwy o dywyllwch nag erioed. Nid 'yn
hymddiddan ni neithiwr â'r hen Edwards sy wedi 'ch arwain
chi yma felly?"

Nage; mi fuaswn i'n dŵad yma 'run fath yn union —
ond mi fuaswn yn dŵad yma fy hun, dyna'r cwbl."

"A dydw i ddim i gael gwybod mwy na hyn, Bonnard?

"Allai i ddim deud chwaneg wrthoch chi ar hyn o bryd.
Wnewch chi fy nghoelio i pan ddyweda i nad ydw i ddim
yn gofyn ichi wneud dim, ond be fuasech chi'n 'i wneud ar
unwaith petasech chi'n gwybod popeth? Petasech chi'n cael
gwybod y cwbl, fuasech chi ddim yn meddwl llai ohono i.
Gadwch imi fynd i mewn i'r tŷ yna fy hun. Does arna i ddim
ofn y marw"; a chan daro ei law ar ei ochr, "ag mae gen i
arfau rhag y byw."

"Felly, rydech chi'n disgwyl gweld rhywun yno?"

"Yn wir, wn i ddim yn iawn be i'w ddisgwyl, ond mi
fuasai'n dda iawn gen i petaech chi'n bodloni i beidio â holi
chwaneg."

Nid oedd Gwynn Morgan yn siŵr nad breuddwydio yr oedd. Pa gysylltiad a allai fod rhwng y tramorwr hwn, a dreuliasai ei holl oes ar y Cyfandir, a hen annedd-dy anghyfannedd ac adfeiliedig yng Ngogledd Cymru—hen dŷ a fuasai'n wag am bum mlynedd ar hugain?

"Dydw i'n hoffi fawr ar hyn, Ivor; mi wela i fod rhywbeth ar ych meddwl chi ynglŷn â'r hen dŷ yna. Gobeithio dydech chi ddim am ych peryglu ych hun mewn ffordd yn y byd o achos y fympwy ryfedd yma."

"Dydi'r peryg ddim yn werth sôn amdano. Os oes yna rywun yn ymguddio yn y tŷ, y tebyg ydi mai rhyw gybydd hanner gwallgo ydi o, neu ryw ddyhiryn ag arswyd cyfiawnder arno. Does arna i ddim eisiau aflonyddu ar neb felly. Ond am y peth sy'n fy nwyn i yma, rhaid imi i wneud o ar fy mhen fy hun. Y cwbl a ofynna i gennych chi yrŵan ydi peidio ag yngan gair wrth neb am ddim a fu yma heddiw. Mi ddwedwn ni 'yn bod ni wedi mynd at y tŷ, a methu mynd i mewn."

"Mi barcha i ych cyfrinach chi, a pheidio â thrio'i dehongli hi, na threiddio tu hwnt i'r terfynau a osodwch chi imi. Ond gadwch inni fyw hefo'n gilydd. Mi arhoswn ni y fan fynnoch chi, a mi symudwn pan fynnoch chi. Mi fedra i 'y mwynhau fy hun yn iawn. Wna i ddim holi lle byddwch chi'n mynd, nag o ble byddwch chi'n dŵad, na thrio gwybod dim ond be fyddwch chi'n i ddeud wrtha i."

Cododd dagrau gloywon i lygaid Bonnard wrth wrando'r geiriau hyn, a gwasgodd law ei gyfaill yn dynn.

"Gwynn," eb ef, mewn teimlad dwys, "dydw i ddim yn haeddu cyfeillgarwch fel ych un chi; ond mi ŵyr y Duw Mawr 'y mod innau mor bur i chithau. Arhoswch hefo mi, 'y nghyfaill cywir i; fedrwn i ddim meddwl am wrthod ych cynnig chi. Maddeuwch imi am na fedra i ddim deud dim mwy. Petasech chi'n gwybod popeth, cydymdeimlo'n ddyfnach â mi wnaech chi."

"Wela' i ddim bod dim byd i'w faddau, Ivor; ond waeth gen i ddeud na pheidio, mi fuaswn i'n mynd i ffwrdd â chalon bur drom petasai raid inni ymwahanu."

"Er ych mwyn chi, ac nid er 'y mwyn fy hun, yr awgrymais i hynny. Fedrwn i ddim meddwl am 'y ngwneud fy hun yn boen a baich ichi. Ond dyna ddigon; ar hyn o bryd, beth bynnag, fe arhoswn ni hefo'n gilydd."

"Mi arhosa i nes cael gorchymyn i fynd," ebr Gwynn.

Wedi ymgynghori ar eu ffordd yn ôl, penderfynasant adael y gwesty, a mynd ymlaen i'r pentref nesaf, tua phum milltir a hanner yr ochr arall i Blas y Nos. Oddi yno gallai Bonnard gerdded i Blas y Nos y noswaith honno. Yr oedd yn llawer gwell cerddwr na Morgan, er mai hwnnw oedd y mabol gampwr gorau. Nid oedd pum neu chwe milltir, fwy neu lai, yn poeni fawr ar Bonnard. Ac ni allasai, pe mynasai, gael llety nes i Blas y Nos na hynny, oherwydd anghyfanhedddra'r wlad. Wedi talu am eu llety, a llogi cerbyd, ymaith â hwy i'r pentref nesaf, lle y cawsant le cysurus arall. Wedi cael ymborth, dechreuodd Morgan osod ei bethau mewn trefn i aros rai dyddiau; ac fe'i hwyliodd Bonnard ei hun i gychwyn ar ei daith unig dan gysgodau'r hwyr tua Phlas y Nos.

Pennod V.
Llio

Llio eurwallt, lliw arian,
Llewych mellt ar y lluwch mân.
(Dafydd Nanmor)

Mordwyai cymylau golau fel llyngesau dros lesni awyr y
nos, gan guddio a datguddio lleuad ddisglair agos i lawn, fel
y cerddai Ivor Bonnard yn gyflym ar ei daith unig tua Phlas
y Nos. Noswaith wyllt, sych, wyntog, ydoedd; noswaith a
dueddai i wroli yn hytrach na digalonni ysbryd anturiaethus.
Nid oes dim yn fwy adnabyddus na'r effaith a gaiff natur ar
ysbryd dyn. Wrth ruthro yn y trên drwy olygfeydd gwylltion,
rhamantus, yn yr Alpau, neu'r Mynyddoedd Creigiog,
teimla'r galon anturiaethus syched yn ei llenwi am wynebu
peryglon, a gorchfygu anawsterau. Yn lle gwanhau, cryfhau
a wnâi gwroldeb Bonnard fel y dynesai at Blas y Nos. Eto,
noson oedd hon i lenwi'r ofnus â braw. Symudai cysgodion
y cymylau ar hyd wyneb y ddaear, a newidiai cysgodion
brigau'r coed i bob ffurf a llun dan gernodiau ffyrnig gwynt
y gorllewin. Awgrymai'r cysgodion ansicr eu dawns
bresenoldeb ellyllon a drychiolaethau i'r dychymyg; a
swniai'r gwynt trwy'r brigau a'r glaswellt fel rhuthr lleng o
ysbrydion anweledig yng ngolau gwan, gwelw'r lloer;
cymerai pethau cyffredin ffurfiau annaturiol, a hawdd i
feddwl dyn oedd llithro i stad freuddwydiol ac ofnus, ac
ymlenwi â hanesion dychrynllyd am ffyrdd a llwybrau lle y
cyniweiria ysbrydion anesmwyth eu byd.

Dichon i'r cyfryw feddyliau ddyfod at Bonnard, ond sicr
yw na pharlyswyd mo'i benderfyniad na'i awydd i fynd i

Blas y Nos. Cyflymai ei gamau dros y bryniau a thrwy'r
cymoedd a orweddai rhyngddo a'r lle. Yr oedd o natur
dyner a llednais iawn, a'i ysbryd yn gyflym i dderbyn
argraffiadau oddi wrth y pethau o'i amgylch. Ond heno
llanwai amcan ei daith ei feddwl, fel na chaffai ei
ddychymyg lawn chwarae teg. Eto, fel y dynesai at ben y
daith, ac fel y gwyliai ddawns wyllt, gyfrin, cysgodau
brigau'r coed ar draws ei lwybrau, curai ei galon yn gynt.

Nid calon wan a wnâi'r tro i wynebu'r anturiaeth hon—
nesâu yn unigedd a thrymder y nos at hen adfail o'r fath
felltigaid goffadwriaeth—anturiaeth y buasai'r cyffredin yn
ymgroesi ac yn dianc rhagddi. Ychydig ddynion yn y wlad,
efallai, a fedrai wneud y peth a wnâi Bonnard y noswaith
hon. Eto, nid ofnai ac ni chrynai ef, ac nid argoelai ei gamau
cyflym un awydd am droi yn ôl. Ond fel y dechreuai droi ar
i lawr tua'r coed, gafaelai yn dynnach yn ei lawddryll, a
chadwai ei feddwl arno, er mwyn bod yn barod, beth
bynnag a ddamweiniai ei gyfarfod. Nid oedd yn disgwyl
cyfarfod â neb yma, y mae'n wir; meddyliai y gallai, hwyrach,
ddyfod ar draws rhyw grwydryn a ddaethai wysg ei drwyn i
gymdogaeth Plas y Nos heb wybod dim amdano.

Rhaid oedd cerdded yn ofalus yn y coed hyn. Dewed
oedd y brigau uwchben nes gwneud y ddaear danynt yn
dywyll iawn, a'r lle hefyd yn ddieithr i Bonnard hyd yn oed
ganol dydd. Prin y gwyddai i ddim sicrwydd ei fod ar yr
iawn lwybr, ond cofiodd y dylai cyn hir ddyfod i le agored,
ac y gallai gerdded oddi yno ar gylch yn y cysgod nes
cyrraedd y tŷ. Nid oedd yno lwybr o fath yn y byd i'w
arwain, canys gwell fuasai gan bobl yr ardaloedd hynny
gerdded deng milltir o gylch nag unioni drwy gwm y Plas.

Dewisasai Bonnard ymwthio drwy'r coed at y tŷ yn
hytrach na dilyn y ffordd. A thybio bod rhywun yn byw yn
y tŷ, gallasent ei weld pe daethai ar hyd y ffordd. Ac yr oedd
yr olion ar glo'r drws wedi codi amheuon rhyfedd yn ei ben.

Credai i rywun fod yno yn ddiweddar, a gallai fod yno eto. Os troseddwr ydoedd, anodd fuasai iddo gael sicrach mangre yn y wlad; diogelach ydoedd yn unigedd Plas y Nos na phe gwersyllasai cad o'i gylch.

Bob yn dipyn, dechreuodd y coed deneuo, ac ymgripiai ambell belydr crwydr o olau'r lleuad rhwng y brigau ar ei lwybr. Petrusodd yn awr pa un a gyraeddasai'r pwynt a ddymunai ai peidio. I gefn y tŷ y dymunai ddyfod. Foment yn ddiweddarach, tybiodd iddo gael cipolwg ar y muriau llwydion, ond nid oedd yn sicr. Yr oedd hyd yn hyn yn rhy bell i weld yn glir. Symudodd yn fwy gofalus fyth yn awr, cyrhaeddodd y drysni a fuasai unwaith yn bleserfa, a gwelai'n eglur hen dŵr y Plas yn estyn ei ben i'r awyr o fewn rhyw dri chanllath iddo.

Dan arian lewych y lloer, edrychai'r hen Blasty'n wych a phrudd. Adlewyrchid y golau o wydr y ffenestr, a disgleiriai'r eiddew gwyrdd a ymgenglai am y conglau, y muriau a'r simneiau, yn llachar dan ei belydr. Taflai'r muriau uchel eu llaesion gysgodion ymhell ar un ochr i'r tŷ, mor bell fel y toddai eu hymylon i ddudew wyll y pellter.

Safodd Bonnard yn awr ennyd, â'i law chwith ar ei galon, ond ni ddaeth y syniad o droi'n ôl i'w ben. Er echrysloned ei neges, er dued y lle y tyngasai yr âi iddo, ni fu torri ei benderfyniad erioed ymhellach oddi wrtho. Yno y safai yn yr unigedd. Trwy'r coed o'i amgylch griddfanai gwyllt ruthrwynt Medi, o'r brigau uwchben cododd anniddan ddolef tylluan, ac atebwyd hi gan un arall o'r eiddew ar fur y tŷ—y ddwy fel pe baent yn ymgomio amdano, ac yn chwerthin am ei ben. O'i flaen yr oedd Plas y Nos, a lloriau ei ystafelloedd wedi eu halogi gan sang troed y llofrudd, a'i sylfeini wedi yfed gwaed gwirion a godai fyth yn weddi fud at orsedd y Sawl a esyd farn ar y ddaear. Oerai'r cof am hyn y gwaed yn ei wythiennau, ond symudodd ymlaen a meistrolodd ei deimlad. Gwelodd nad oedd perygl i neb ei ganfod yno rhwng y prennau tal a'r llwyni tewion. Yn ddiymdroi, heb aros munud yn hwy, cerddodd at y tŷ, a daeth at y drws bychan a welsai'r bore cynt.

Gafaelodd ynddo, a cheisiodd ei agor, ond methodd; yna ciliodd yn ôl yn araf, â'i lygaid ar y muriau. Gwelodd ffenestr uwchben y drws, ryw ugain troedfedd uwchlaw'r llawr; tyfai'r eiddew yn dew a chryf ar hyd y mur; dyn ysgafn ac ystwyth ydoedd yntau, a dringwr campus. Yn ei logell cariai lusern dywyll, a meddyliodd y gallai dorri gwydr y ffenestr â'i gyllell, neu ddwrn ei lawddryll, oni byddai yno rywbeth grymusach i'w gadw draw.

Ni thorrai dim ar y distawrwydd ond griddfanau'r gwynt yn y coed, a thrist waedd aderyn y nos. Dechreuodd ddringo'r mur ar hyd yr eiddew heb golli amser. Daliai'r eiddew ei bwysau, a phrysurai yntau i fyny; ond heibio i'w wyneb cododd tylluan fawr o'r eiddew, â sgrech annaearol, wedi ei haflonyddu ynghanol ei myfyrdodau. Wrth glywed oernad y dylluan, cododd nifer o ystlumod hwythau o'r eiddew, i wibio o'i amgylch, a'u gwichiadau treiddiol a dieithr yn merwino'r glust. Ond nid gŵr a ddychrynai rhag ei gysgod oedd Bonnard.

Dringodd yn chwim a gofalus, a chyn pen ychydig eiliadau yr oedd yn eistedd ar astell lydan y ffenestr. Cafodd amryw o'r chwarelau gwydr wedi eu dryllio, ac nid oedd caead oddi mewn, a gwelodd y gallai fynd trwyddi heb ddim ond ei hagoryd. Nid gwaith rhwydd oedd hynny. Gallai gyrraedd y glicied, ond yr oedd honno wedi rhydu wrth sefyll gyhyd, nes anystwytho ei chymalau, a gwneud ei hagor y nesaf peth i amhosibl. Ond wedi ysgytian a llafurio am tua chwarter awr, llwyddodd i wthio un ochr yn agored.

Bellach, nid oedd cloffi rhwng dau feddwl i fod. Ni wnâi ei anawsterau ond codi ei ysbryd, a gwroli ei galon. Magodd math o deimlad o oruchafiaeth yn ei fron, ac â llaw gadarn a ffyrnig y gafaelodd yn nwrn ei lawddryll, ac y trodd ei lusern i mewn i'r ystafell. Gwelodd fod y llawr o fewn llathen i'r ffenestr, a'r eiliad nesaf yr oedd yn sefyll arno. Safai tu mewn i furiau Plas y Nos.

Cododd ei lusern i edrych o'i gylch. Ystafell ganolig ei maint, nenfwd isel, a heb ddodrefnyn o'i mewn; derw du yn gwisgo'r muriau, a llwch tew dros y llawr ac ar hyd y muriau; ac o'r nenfwd, yn rhaffau hirion yn siglo yn ôl ac ymlaen yn yr awel o'r ffenestr, crogai gweoedd cenedlaethau o bryfed cop. Gwelodd ddrws o'i flaen, a rhedodd iasau dieithr drosto wrth sylwi ei fod yn gilagored. Llaw pwy a'i gadawodd felly, a pha bryd? Ai tybed ei fod wedi sefyll yn gilagored am ugain mlynedd? Ond deuai teimladau eraill ato hefyd. Plas y Nos! Dyma ef tu mewn iddo. Teimlai ei anadl yn pallu, a'i waed ar dân.

Wedi ei feistroli ei hun unwaith eto, croesodd at y drws yn ddistaw, a thynnodd ef yn agored. Wrth iddo wneud hynny, rhuthrodd rhywbeth yn chwim drwy'r fynedfa tu allan—llygoden Ffrengig, fe ddichon—ond camu yn ôl a wnaeth Bonnard, â'i galon yn ei wddf. Y foment nesaf, fe'i ceryddodd ei hunan am ei ofn di-sail ac ofergoelus, a cherddodd yn benderfynol i'r fynedfa.

Anhygar oedd golwg y lle, ac arwyddion eisiau ymgeledd, ac adfeiliad yn amlwg. Mynedfa lydan, a drysau o boptu, a llwch a gweoedd cop ymhobman. Beth sy'n cenhedlu ysbwrial mewn lleoedd anghyfannedd? Daw i fod ohono'i hun, rywfodd. Dyma le y gallai fwy na disgwyl cyfarfod ynddo ag ymwelydd o fyd arall.

Yn y dwfn ddistawrwydd gallai glywed curiadau ei galon ei hun. Teimlai fel pe bai rhywun neu rywbeth tu ôl iddo, ac wrth iddo symud meddyliodd glywed cam o'i ôl, ac anadl rewllyd yn cyffwrdd â'i rudd, a chrechwen isel ddieflig yn merwino'i glustiau. Ond erbyn troi'r llusern yn ôl, nid oedd yno ddim ond y tywyllwch pygddu. Bwriodd ymaith ofn oddi wrtho; camodd yn gyflym at y drws ar ei gyfer, a

gafaelodd yn y dwrn. Yna safodd. Beth oedd tu draw iddo?
A welai rywun yno? Trôi ei lusern eto i edrych o'i ôl, gan
hanner disgwyl gweld wyneb gwelw angheuol wrth ei
benelin, ond nid oedd yno ddim. Rhoes dro ar y dwrn, a
synnodd ei fod mor rhydd. Agorodd y drws. Teimlai wallt
ei ben yn codi'n syth i'w union sefyll. Yr oedd goleuni yn
yr ystafell—goleuni! Safodd yn berffaith lonydd, a churai ei
galon yn wyllt yn erbyn ei ochr. Pe syrthiasai'r nefoedd y
funud honno, prin y gallasai ef symud na llaw na throed.

Pam y teimla rhai pobl hi mor anodd ganddynt fynd i
mewn i ystafell lle bydd cannwyll yn llosgi, heb neb yn
bresennol yno? Yr hen arfer o gadw cannwyll yn olau gyda'r
marw, y mae'n debyg, sydd wrth wraidd yr ofn annelwig
hwn a geir mor aml ymhlith dynion. Ond, os arswydir rhag
ystafell felly mewn tŷ cyffredin, pa faint mwy'r arswyd wrth
fynd i ystafell mewn tŷ a fu am dros ugain mlynedd heb
drigiannydd, a gweld yno gannwyll yn llosgi? Am eiliad,
safodd Bonnard yn hollol lonydd; y funud nesaf, gwibiodd
yr atgof am y drws, a'r olion ar y clo, drwy ei feddwl, a
sylweddolodd mai ystyr y golau oedd bod yno ddyn o ryw
fath yn byw. Wedyn, cerddodd yn ddistaw a hy i'r ystafell.

Safai lamp ar astell y simnai, ond nid oedd neb yn yr
ystafell, a chafodd Bonnard felly hamdden i fwrw golwg o'i
gylch. Nid oedd yno fawr i'w weld. Ystafell ysgwâr, â'i
nenfwd yn isel, y ffenestr yn uchel yn y mur, a chaead arni,
bwrdd â dau neu dri o lyfrau arno, ychydig gadeiriau derw
hen ffasiwn â chefnau uchel, darnau carped ar y llawr derw
wedi hen wisgo eu gwawr allan—a dyna'r cwbl. Yn ei phen
draw yr oedd drws yn agor i ystafell arall ymhellach i mewn.
Caeodd Bonnard y drws y daethai drwyddo, rhag i neb
ddyfod ar ei warthaf o'i ôl yn ddirybudd, ac aeth ymlaen at
y bwrdd i weld y llyfrau. Hen gopi o'r *Bardd Cwsc* oedd un,
wedi ei argraffu yn Llundain gan E. Powell yn y flwyddyn
1703; un arall yn hen gopi o'r *Vita Nuova*, gan Dante, yn yr

Eidaleg. Amlwg oedd mai llyfrau hynafol o'r llyfrgell ydoedd y rhai hyn. Ond pwy a oedd yn eu darllen? Nid dyma'r math o lenyddiaeth y buasai troseddwr o radd isel yn ei chwenychu.

Rhedodd hen ias yr ofn dieithr dros ei holl gorff drachefn. Cydiodd yn y llyfrau, a theimlodd y cadeiriau, er mwyn bod yn sicr mai sylweddau gwirioneddol oeddynt, ac nid cysgodion hud a lledrith. A! dyna sŵn agor y drws ar ei gyfer yn peri iddo droi'n sydyn, a'i galon yn llamu o'i fewn, a'i fysedd yn dynn am ddwrn. y llawddryll.

Llaciodd ei afael yn hwnnw yn y fan, oblegid, beth bynnag oedd y ffurf o'i flaen, pa un bynnag ai cig a gwaed, ai ynteu un o ddinasyddion bro'r oesol ddistawrwydd, oedd ei ymwelydd, prin y gallai neb ofni rhagddi, nac ymarfogi i'w chyfarfod.

Nid oedd namyn geneth ifanc, ac nid ymddangosai yn fwy na deunaw oed. Geneth dal, osgeiddig, a hardd, digon glân ei phryd i fod yn ysbryd, a thynerwch a thlysni rhyfedd yn gwisgo ei hwyneb. Prin y gallasai llygad perffaith hen gerflunwyr Groeg weld bai ar gyfuniad diledryw llinellau ei hwyneb, a gwisgwyd y ffurf â chroen mor lân â gwedd lili'r dyffrynnoedd. Euraid a llaes oedd ei gwallt, yn disgyn yn dresi rhyddion ar hyd ei hysgwyddau. Syml a rhydd oedd ei gwisg amdani, heb na gwasg na gwregys i gadwyno helaethrwydd ei chwmpas, a'i lliw yn wyn o dan aur ei gwallt. Fel

> Aur melyn am ewyn môr,
> Tresi mân tros ei mynor.

Agorodd Bonnard ei lygaid mewn syndod gerbron y weledigaeth brydferth hon. Sylwodd ar unwaith ar ei llygaid mawrion disglair, a theimlai fod rhywbeth dieithr, pell, trist, yn eu dyfnder. Rhyfedd oedd ei gweld yno, yn ifanc a thlws

ynghanol henaint prudd Plas y Nos—fel pelydryn goleuni
yn trywanu ei farnol wyll. Ni ddywedodd Bonnard air, ond
parhau i syllu arni mewn syndod. Beth bynnag y
dychmygasai gyfarfod ag ef ym Mhlas y Nos, diogel yw
credu na ddisgwyliasai erioed mo'r weledigaeth hon.

Pennod VI.
Gwirio Breuddwyd

Is all that we see or seem
But a dream within a dream?
(Edgar Allen Poe)

Canfu'r eneth bron yn ddiatreg fod rhywun heblaw hi yn yr ystafell, a newidiodd gwedd ei hwynepryd. Er hynny, nid oedd dim tebyg i ddychryn yn ei llygaid; yn hytrach, syndod, a gwelwodd ei gruddiau ychydig. Yn lle cilio'n ôl, cymerodd gam neu ddau tuag at Bonnard, ond neidiodd ef yn ôl, a'i deimladau'n gyffrous. Beth, mewn difrif, oedd o'i flaen? Ai drychiolaeth brydferth rhyw freuddwyd a anghofiasai? Ai ynteu geneth fyw mewn cnawd, â'i synhwyrau wedi hanner drysu, nes dwyn diniweidrwydd y plentyn yn ôl i lywodraethu ei symudiadau? Wedi edrych funud arni, gwelodd yn amlwg y drem na allai ei chamgymryd, trem ryfedd, ddieithr, y llygaid sydd â'r meddwl tu ôl iddynt wedi ei amharu. Wrth ei weld yn cilio rhagddi, safodd yr eneth yn sydyn, a rhoes ochenaid fawr; edrychodd yn siomedig, a heb wybod yn iawn beth i'w wneud. Yna, estynnodd ei dwylo yn araf at Bonnard, fel pe bai'n distaw erfyn arno beidio â diflannu o'i golwg. Yn araf iawn nesaodd ato, ac wrth ei weld ef yn aros yn yr unfan, daeth pleser a llawenydd fel golau heulwen i dywynnu yn ei hwyneb. Ond, yn gymysg â'r llawenydd, yr oedd elfen o ansicrwydd, fel pe bai'n methu â deall pam y cychwynnodd ei hymwelydd gilio oddi wrthi.

Mewn llais isel, mwyn, cynnes a serchog, dechreuodd lefaru:

"Dyma chi wedi dŵad o'r diwedd! Rydw i'n ych nabod
chi ar unwaith! Ond dydech chi ddim yn fy nabod i, fuaswn
i'n meddwl. Sut mae hynny? O, rydw i wedi bod yn disgwyl
llawer amdanoch chi, yn disgwyl, disgwyl, noson ar ôl
noson, a chithau byth yn dŵad. Ond O, mi wnewch fy
achub i. Mi wnewch chi fy achub i, on' wnewch chi?"

Ni wyddai Bonnard pa un ai breuddwydio yr oedd ai
peidio. Crynai fel deilen; codai dafnau o chwys oer ar ei
dalcen a'i ruddiau. Erbyn hyn, dynesasai'r eneth i'w ymyl;
ond nid oedd nerth ynddo i symud na llaw na throed oddi
ar ei ffordd.

Cododd hithau ei breichiau gwynion, lluniaidd, a
phlethodd hwy am ei wddf. Ond nid oer oedd cyffyrddiad
ei dwylo, eithr cynnes a byw; a rhedodd y trydan cyfrin
drwy bob giewyn yn ei gorff. Teimlai ei hanadl pur yn
goglais ei rudd, a'i swyn ar bob synnwyr. Heb yn wybod
iddo'i hun, dododd ei freichiau am y ffurf eiddil, osgeiddig,
a ymwasgai ato. Gwyddai'n awr mai dynol oedd y rudd a
orffwysai ar ei fynwes, a mai dynol y galon a gurai ar ei
galon ef.

Cododd ei llygaid, a sefydlodd ei golwg ar ei lygaid duon,
byw; ac ebr hi, mewn llais dwfn, tawel, bodlon, dieithr:

"Mi ddaethoch yma ata i mewn breuddwyd o'r blaen; a
mi ddwedsoch y buasech chi'n dŵad i f'achub i, a bod yn
rhaid imi ymddiried ynoch chi, a'ch caru."

"I'ch achub?" meddai Bonnard.

Ni fedrai yn ei fyw deimlo nad breuddwydio yr oedd; ac
yr oedd y syfrdandod o hyd yn ei ben. Yn y llygaid a syllai'n
dawel i'w lygaid ef, gwelai gariad pur, tyner, a di-gwestiwn
y plentyn, yn gloywi. Edrychai arno fel pe bai'n rhywun
annwyl iawn yn ei golwg—rhywun y meddai ddwfn
edmygedd ohono, rhywun y bu'n wylo ac yn hiraethu
amdano, ac o'r diwedd wedi ei gael. Megis yn reddfol,
estynnodd ei gwefusau i geisio'r eiddo ef; yntau fel o'r blaen

yn ateb drwy blygu dros ei hwyneb tlws, a chusanu ei grudd delediw; cusan mor bur a diniwed â'r rudd a'i derbyniodd, heb na meddwl na phoeni am ddryced na daed ei weithred.

"Mi wnewch fy achub i, on' wnewch chi?" ebr yr eneth. "Ai 'y nghlywed i yn galw arnoch chi, a dŵad yma wnaethoch chi?"

"Gwnaf, mi'ch achuba i chi," ebr yntau, wrth weld ei bod yn disgwyl am ryw atebiad ganddo.

Cliriai ei ben yn awr, a gwelodd, pa ddirgelwch bynnag a allai fod ym Mhlas y Nos, a pharthed presenoldeb yr eneth hon ynddo, fod ei synhwyrau wedi eu drysu i ryw raddau, a mai gwell oedd ei hateb fel y dymunai, yn hytrach na'i chroesi. Am hynny, dywedodd yn dyner:

"Do, mi'ch clywais i chi'n galw arna i, a mi ddois atoch chi. Ond deudwch wrtha i pam roeddech chi'n galw arna i. Welsoch chi mono i erioed."

"Wel, do; on' ddaethoch chi yma mewn breuddwyd, a dyna sut y gwelais i chi. Ga' i ddeud yr hanes wrthoch chi rwan? Ust!" a chododd ei bys at ei gwefus i wrando, "dyna'r tylluanod. Glywch chi nhw? Ydech chi'n i nabod nhw? Does arna i ddim o'i hofn nhw. O, maen nhw'n gwybod llawer—maen nhw'n gwybod pob peth. Mi wyddan nhw pam rydw i o'ngho; rydw i wedi anghofio!"

Llawn o deimlad gwyllt, toredig oedd ei llais, ac ynddo ryw dristwch mawr, pell, ac annirnadwy, yn hofran ar ymylon tywyll ei chof, ond heb ddyfod i'r goleuni, am fynd o'r goleuni'n dywyllwch.

"'Ngeneth bach druan i," crynai ei lais fel y llefarai. "Dydech chi ddim yn y lle ofnadwy yma ych hunan?"

"Fy hunan? O, nag ydw. Mae o yma, 'y nhad, ond nid yn amal y bydda i'n i weld o." Rhedodd ias o gryndod trosti, a dywedodd, a'i dwylo'n dynn am ei llygaid:

"Pan fydda i'n 'i weld o, mi fydda i'n cofio nad oeddwn i ddim o 'ngho bob amser. Do, mi ddigwyddodd rhywbeth—rhywbeth—O!" ymwasgodd yn dynn at Bonnard, crynodd i gyd trosti, a murmurodd yn ddistaw:

"Peidiwch â holi am hynny... O! mae o'n ofnadwy!"

Teimlai ef y ias gryndod a redai drwyddi, a rhyfeddai pa faint o dristwch a allasai fod wedi ei brofi; pa fath olygfa a'i dychrynasai nes drysu ei meddwl? A pham ar y ddaear yr oedd yn byw yn y fath encilfa anfad, mor llwm ac anghysurus â charchar?

Tynnodd ei law yn dyner dros fodrwyau hirion tresi euraid ei gwallt. Yn ddi-ddadl, dyfnhau a wnâi'r dirgelwch. Ei thad? Felly, amhosibl mai dyhiryn iselradd oedd trigiannydd Plas y Nos. Amlwg oedd fod gwaed bonheddig yng ngwythiennau'r eneth hon, ac iddi gael ei magu'n dyner. Pwy ydoedd, a pha fodd y daethai yno?

"Dowch," ebr yr eneth, wedi codi ei hwyneb oddi ar ei ysgwydd, " eisteddwch, i mi gael deud hanes 'y mreuddwyd."

Cymerodd ei arwain i gadair ganddi; ac wedi eistedd ohono, ymgrymodd hithau ar led-eistedd ar y llawr wrth ei draed, a thynnodd ei fraich yn serchog a thyner dros ei hysgwydd. Synnai at ei thawelwch, a'i hymddiried diniwed a syml ynddo. Dichon, er bod ei synhwyrau wedi eu cymylu, fod ynddi reddf gywir i'w harwain i osod ei hymddiried mewn un teilwng ohoni—y reddf honno mewn plant a ddysg iddynt ar unwaith pwy sydd dyner, a phwy sydd galed a chreulon. Er bod calon Bonnard yn curo'n gyflym dan bwysau'r pen melyn-aur a orffwysai arni yn awr ac eilwaith, yr oedd anwybodaeth yr eneth o bob perygl, ei hanallu i'w hamddiffyn ei hun, ei hunigedd, a'i hymddiriedaeth lwyr ynddo, yn peri iddo ei hystyried fel gwyry sant, ac yn deffro yn nyfnder ei natur hen sifalri addolgar y Canol Oesoedd. Nid math o syniad a ddyfeisiodd un oes yw hwnnw, ond un o gyneddfau mwyaf priod y natur ddynol; ni chodir mohono i'r amlwg, er hynny, ond mewn amgylchiadau neilltuol. Hwyrach fod a wnelai hen ddodrefn oesoedd a aethai heibio, a mwrllwch ac awyr freuddwydiol Plas y Nos, rywbeth â'i ddeffro yn awr yn Bonnard. Beth bynnag am hynny, teimlai y gallai heb betruso osod ei fywyd i lawr i'w chadw rhag cam.

"Chawsoch chi'r un breuddwyd?" gofynnodd y ferch mewn sibrwd distaw. "Welsoch chi mona i mewn gweledigaeth fel y gwelais i chi?"

"Naddo, ngeneth i. Ond deudwch ych breuddwyd wrtha i."

Trodd hithau ei llygaid llydain ar ei wyneb, a syndod mawr yn eu llenwi.

"Ond ddaru chi ngalw i wrth f'enw," ebr hi. Wyddoch chi mo f'enw i? "

"Na wn," atebodd yntau, "dydw i'n gwybod dim. Beth ydi'ch enw chi?"

"Llio ydi f'enw i. Ydi o'n enw clws?"

"Mae o'r clysa mewn bod. Ai dyna'r unig enw sy gennych chi?"

"Dydw i ddim yn gwybod; rydw i'n anghofio. Ond hidiwch befo. Mi ddeuda i 'mreuddwyd rŵan; ond peidiwch chi â dengyd i ffwrdd wedi i mi i ddeud o." Ac ymwasgodd yr eneth yn nes ato.

"Llio bach, wna i ddim dianc." Tynhaodd ei fraich am ei hysgwydd, ac ymgrymodd i gusanu ei gwallt o aur. Teimlai yn ei galon rywbeth anhraethol ddyfnach a chryfach na thosturi tuag at y druan anffodus hon; gwelai ei bod hi a'i chalon yn llawn cariad dieithr, dirgel, cyfrin, a rhamantus, ato ef, a gwelai hefyd nodau amlycaf cariad pur, sef ymddiriedaeth lwyr ac aberth cyflawn. Fe'i dodai Llio ei hun yn ei law yn hollol, ac âi ei galon yntau yn llawn o deimlad na allai ei esbonio, a theimlad na chawsai ei gyffelyb o'r blaen.

"Rydech chi'n garedig wrtha i," murmurai Llio; cyn i chi ddŵad, roeddwn i'n hollol unig, ond roedd y tylluanod yn dal i ddeud y buasech chi'n dŵad. Ac O, mae'r tylluanod yn gall, ac yn gwybod pob peth. Ac mi wyddwn innau wedyn y buasech chi'n dŵad. A felly mi wyliais amdanoch chi bob nos nes i'r breuddwyd ddŵad i ben. Ag mi wnewch fy achub i, on' wnewch chi? Rhaid imi aros yma am dipyn eto."

"Sut hynny, Llio?"

Ymsythodd yr eneth ychydig, ac edrychodd o'i chylch, â dychryn yn ei llygaid. Ond trodd ei llygaid wedyn ar wyneb hardd Bonnard, â rhyw ing prudd a phoenus yn eu dyfnder.

"Dydw i ddim yn gwybod," ochneidiodd. "Dydw i ddim yn gwybod; rydw i wedi anghofio—rydw i o 'ngho—ond ryw ddiwrnod mi gofia i eto."

Beth sy'n ych blino chi, Llio bach, beth fynnech chi 'i alw i go? Rhywbeth ddigwyddodd yn y tŷ yma ydi o?"

"Fedra i ddim meddwl amdano; mae hi'n mynd yn dywyll bob amser pan ddechreua i feddwl, a thrio cofio."

Rhedodd iasau a chryndod trosti drachefn, a chuddiodd ei hwyneb yn ei fynwes. Ceisiodd yntau ei thawelu drwy dynnu ei law'n garuaidd a thyner dros ei gwallt, a sibrwd yn ei chlust eiriau addfwynder.

"Hidiwch befo; fe ddaw'n ôl yn i bryd. Ond deudwch yrŵan am ych breuddwyd."

"A! Roedd hwnnw'n freuddwyd tlws! Gwrandewch chi rŵan."

Plygodd yntau ei ben at yr eiddo hi, ac aeth hithau ymlaen:

"Dydw i ddim yn gwybod faint sy er hynny; mae o'n edrych yn hir iawn; rydw i wedi gwylio am gynifer o nosweithiau. Roeddwn i'n gweld yn 'y mreuddwyd 'i bod hi'n hanner nos, a minnau'n eistedd yma ac yn darllen fel arfer, a'r tylluanod yn tyrfu tu allan. Mi rois innau'r llyfr ar y bwrdd i wrando ar yr adar yn siarad â'i gilydd. Fedrwn i ddim darllen, dim ond meddwl, a meddwl o hyd, ac O! roedd arna i hiraeth—hiraeth ac eisio i rywun ddŵad

i 'ngwaredu i o'r fan yma, a 'nysgu i i gofio'r holl bethau sy
wedi dengyd o 'ngho i a'r pethau ofnadwy a 'ngyrrodd i
o 'ngho. Yn reit sydyn, dyma'r drws yn agor, a chithau'n
dŵad i mewn. Roeddech chi'n edrych yn union fel yr ydech
chi heno, yn hardd a charedig a boneddigaidd; doedd arna
i ddim o'ch ofn chi. Mi godais ar 'y nhraed, a mi edrychais
arnoch chi; a dyma chithau'n dŵad ymlaen, ac yn estyn ych
breichiau, ac yn deud: 'Dowch ata i, Llio, rydw i wedi dŵad
i'ch gwaredu chi, a rhaid ichi 'ngharu i ac ymddiried yno i!'
Ych llais chi oedd o hefyd—mi adwaenais i o mewn munud
pan ddaru chi ddechrau siarad. Ac mi ddaruch roi ych
breichiau amdana i, a 'ngwasgu i i'ch mynwes, a 'nghusanu
i; a mi wyddwn innau mai ych eiddo chi fyddwn i byth mwy,
ac y gwnaech chi 'y ngwaredu i.''

Wedi iddi dewi, daeth Bonnard yn ymwybodol o
deimladau rhyfedd a newydd eto yn ei galon. A allai amau
mai llaw Duw a'i harweiniasai i Blas y Nos? Gwelai y byddai
raid iddo waredu Llio, deled a ddelai, beth bynnag arall a
ddeuai i'w ran yn y fangre unig, anial. Gwelai nad
gwallgofrwydd cyffredin oedd afiechyd Llio, ond coll cof
oherwydd ergyd drom i'r teimladau; credai hefyd y gallai
cariad a thynerwch ei hedfryd. Gwasgodd yr eneth deg yn
nes i'w galon, a phlygodd drosti mewn distawrwydd.

"Mi'ch gwareda i chi, Llio bach, a Duw a 'nghynorthwyo
i. F'eiddo i ydech chi, a'r nefoedd sy wedi ych rhoi chi imi.''

"Ie,'' atebodd hithau yn dawel ac isel, "a rhyw ddiwrnod
mi ewch â fi o'r lle yma, ond nid yrŵan.''

Ymddangosai i Ivor iddi gymryd yn ei phen fod ganddi
ryw orchwyl i'w gyflawni yn y lle, ac na allai ei adael nes
gorffen hwnnw.

Y cynllun cyntaf y meddyliodd amdano oedd ei symud
y noson honno o'r lle diobaith hwnnw. Ond dangosai
rheswm iddo nad oedd y cynllun hwn yn bosibl. I ble yr âi
â hi? Ni wyddai am neb y gallai ei gadael gyda hwy. Na,

amlwg oedd fod yn rhaid ei gadael yno ar hynny o bryd. Ond mynnai ei gweld bob nos, a'i hennill yn ôl i'w pherffaith reswm. Teimlai, os oedd ganddo neges arbennig wrth ddyfod i Gymru, fod gan y Nefoedd un arall iddo hefyd, a rhaid oedd gwneud honno, beth bynnag, o flaen pob neges bersonol. Hwyrach yr arweiniai'r nef ei amcan ef i ben drwy'r antur ryfedd hon. Mynnai, beth bynnag, wneud y peth iawn â'r eneth ddiamddiffyn.

Eisteddasant am amser maith gyda'i gilydd. Ni ddwedai Llio ond ychydig; ymddangosai'n hynod ddedwydd, ac ymnythai yn ei gysgod. Ni theimlai Bonnard ar ei galon ei holi am ei thad, os ei thad oedd y creadur a breswyliai yn y lle rhyfedd ac ofnadwy hwn. Rhaid, fodd bynnag, fyddai ei gadael cyn toriad gwawr.

Nid gwaith hawdd oedd ymwroli i'w gadael. Nid caredig oedd meddwl am hynny. Hefyd, dedwyddwch dieithr ydoedd aros yn agos ati, gwrando ar ei llais melys fwyn, cynnal ei phwysau yn ei freichiau, edrych i'w llygaid gleision, tywyll, yn llawn o gariad a diniweidrwydd, gwylio a chusanu ei gwefusau glân, na wyddent am na chywilydd na phechod. Ond rhaid oedd mynd, a rhaid oedd dweud hynny wrth Llio. Pan awgrymodd fod yn rhaid iddo'i gadael am ychydig, synnodd ei bod yn derbyn hynny yn hollol dawel fel y peth naturiol.

"Mi ddowch yn ôl eto fory," meddai hi, yn dawel, fel ffaith, ac nid fel cwestiwn.

"O, do, 'y nghariad i, mi ddo' i'n ôl yfory."

Bodlonodd iddo fynd, ac nid amheuai am foment na ddeuai yn ei ôl. Gwelodd Bonnard hiraeth yn gymysg ag amynedd ar ei hwyneb, wrth ei weld yn cymryd ei het i gychwyn; ond ni ddywedodd air yn erbyn hynny. "Nos dawch, Llio," eb ef. "Mae'n anodd gen i ych gadael chi yma ych hun, ond rhaid imi fynd."

"Ond mi ddowch yn ôl," atebodd hithau. "Does arna i ddim ofn y tylluanod; maen nhw'n fy nabod i, ac yn siarad hefo mi; a wna neb niweidio Llio. Heblaw hynny, does yma neb arall ond y meirw!"

"A does arnoch chi mo'u hofn nhw?

"O, nag oes. Dydw i ddim wedi gwneud cam â neb ohonyn nhw. O, rydw i'n hapus rŵan."

"Ydech chi, mhlentyn i? Rydw i'n falch iawn o hynny."

"Mi wn i na fyddwch chi ddim yn hir," meddai'n synfyfyriol. "Mynd rydech chi i drio ffeindio beth ydw i wedi'i anghofio; ond peidiwch â gadael iddo fo ych gweld chi," sibrydodd yn ei glust, "neu mi geisia'ch dychryn chi, a'ch gyrru o'ch co."

Wedi ei chusanu'n serchog a pharchus, a'i dal yn ei freichiau am ysbaid mewn distawrwydd, gollyngodd hi a throi tua'r drws. Ond, cyn ei gau ar ei ôl, ni allai lai nag aros am foment i syllu ar y ddau lygad agored tlws a dwfn a edrychai'n gariadus a hiraethus ar ei ôl. Gwenodd arni, a chaeodd y drws. Yr oedd yn yr hen fynedfa anolygus unwaith eto, ac yn yr ystafell y daethai iddi o'r ffenestr. Mewn munud arall, safai ar y glaswellt tal y tu allan, a'i lygaid yn hoeliedig ar furiau Plas y Nos. Tynnodd ei law ar draws ei dalcen, a dywedodd rhwng ei ddannedd:

"Mae yn y fan yma ryw ddirgelwch dieithr ofnadwy; ond trwy help Duw mi fynna i weld 'i waelod o."

Pennod VII.
Hafod Unnos

Fel y rhodiai Ivor Bonnard yn ôl at Gwynn Morgan i'r pentref, ceisiai benderfynu a ddwedai wrth Gwynn ai peidio am antur y noson ym Mhlas y Nos. Cas oedd ganddo gadw dim oddi wrth gyfaill mor bur a rhadlon â Gwynn; eto, teimlai mai ychydig iawn o wir wybodaeth a oedd ganddo, a mai gwell oedd aros nes i'r stori ddyfod yn fwy cyflawn. Teimlai fod rhesymau eraill pwysig iawn dros iddo gadw'i gyfrinach iddo'i hun ar hynny o bryd. Gwyddai mai prin y gallai distawrwydd beri niwed i neb na dim, ond ni wyddai beth a ddigwyddai, na phwy a glywai, unwaith y dihangai'r gyfrinach dros ei wefus.

Erbyn iddo gyrraedd y pentref, yr oedd rhai o'r pentrefwyr ar eu traed, ac wedi dechrau ar orchwylion y dydd. Wrth weld y dyn ifanc dieithr yn dychwelyd i'r pentref ar yr awr gynnar honno, a llaid taith bell ar ei wisgoedd, a'i lludded i ryw fesur yn ei symudiadau, safai'r pentrefwyr i lygadrythu arno, â chwilfrydedd amlwg ar eu hwynebau.

"Wna hyn mo'r tro o gwbwl," meddyliodd yntau, "fe fydd fy ngwaith yn mynd a dŵad yn lladradaidd yn y nos yn siŵr o dynnu sylw at fy symudiadau, a chodi amheuon pobol yn fy nghylch. Ac os dechreuant fy nrwgdybio, y tebyg yw y gwylir fi; a wna hi mo'r tro ar hyn o bryd i neb feddwl fod a wnelwyf i â Phlas y Nos. Dymunol iawn fyddai cael bwthyn unig yn rhywle allan o gyrraedd llygaid pobl fusneslyd; hwyrach fod lle felly yn bod, ac y gellid cael rhyw wraig i'w lanhau bob yn eilddydd, a'n gadael ni ein hunain yn ystod y nos. Ac os bydd i Gwynn flino ar fywyd felly mewn amser, byddaf yn sicr o ganfod hynny, a gallaf ei berswadio i fynd am dro am ychydig ddyddiau i rai o'r trefi. Ar hyn o bryd, beth bynnag, ni fyn sôn am fy ngadael."

Pan gyrhaeddodd y gwesty, yr oedd Morgan yn effro, ac yn gwrando amdano, er nad oedd eto wedi codi; a phan glywodd drwst Bonnard yn y tŷ, galwodd arno i'w ystafell.

"Rhyfeddu a dyfalu yr oeddwn pa bryd y buasech yn dychwelyd," ebr Gwynn yn awchus, fel yr estynnodd ei law iddo. Gafaelodd Bonnard ynddi yn awchus, a'i gwasgu'n wresog.

"Oeddech chi'n pryderu yn 'y nghylch i?" gofynnodd, dan wenu, a gwneud lle iddo'i hunan i eistedd ar ymyl y gwely.

"Wel, oeddwn a deud y gwir. Ond ddaru chi lwyddo i fynd i mewn?"

"Do—drwy ffenest. Roedd o'n waith haws nag oeddwn i wedi feddwl."

"Be? Aethoch chi i mewn i'r hen blas?" gwaeddodd Gwynn, gan godi'n sydyn ar ei benelin. "Welsoch chi rywbeth rhyfedd yno?"

Newidiodd wyneb hardd Bonnard ar amrantiad. "Do," atebodd, "ond rhaid ichi faddau imi, Gwynn, am gadw 'nghyfrinach i mi fy hun am rŵan, beth bynnag.'

"Peidiwch â sôn am faddau, Ivor; on' ddaru mi addo peidio â holi? Ond yn wir, rhaid imi gyfadde 'mod i'n ysu o eisio gwybod, achos rydech chi'n ymgladdu mewn mwy o ddirgelwch bob dydd. Ond phoena i monoch chi, 'rhen gyfaill, mi ellwch fod yn siŵr o hynny."

"Mi gewch wybod y gwir i gyd ryw ddiwrnod, a hynny, hwyrach, yn gynt nag yr ydech chi'n disgwyl."

Wedi bod yn ddistaw am rai eiliadau, sylwodd Bonnard:

"Wiw imi feddwl aros yn y lle yma—hynny ydi, yn y pentre yma. Mi fydd yn rhaid imi fynd i'r hen blas bob nos, ac os bydda i'n mynd a dŵad yno o'r pentre, rydw i'n siŵr

o dynnu sylw, a mi fydd pobol yn gofyn i ble rydw i'n mynd,
a hwyrach yr ân' nhw i 'ngwylio i. Rhaid i mi gael lle unig
yn rhywle i aros, fel y medra i fynd a dŵad heb dynnu sylw."

"Y man y mynnoch chi, Ivor; dydi o fawr o wahaniaeth
gen i."

"Os cawn ni le unig felly, mae arna i ofn y bydd hi'n
ddwl dros ben i chi yno, Gwynn."

"Twt, lol, dim o'r fath beth!

'Wel, os ewch chi i deimlo'n unig ac anhapus, fydd dim
i'w wneud ond ichi 'ngadael i. Rhaid inni gael rhyw fath o
fwthyn yn sefyll ar 'i ben 'i hun; hwyrach y gallwn ni gael
rhywun o'r pentre yma i weithio am ran o'r dydd inni, ac
ymadael gyda'r nos; ac felly mi fydda innau'n rhydd. A fydd
dim peryg i neb feddwl bod dim a wnelom ni â Phlas y Nos,
faint bynnag o siarad fydd yn yn cylch ni."

"O'r gorau. Mi goda i'r munud yma. Ordrwch chitha
frecwast ar unwaith, o achos does gen i ddim lle i feddwl
ych bod chi wedi cael gwledd ym Mhlas y Nos."

Ychydig yn ddiweddarach, yr oedd y ddau uwchben
borebryd campus, a difai archwaeth ganddynt bob un.
Daeth gwraig y tŷ atynt ar eu cais, ac wedi ei holi cawsant
ar ddeall fod bwthyn gwag ryw filltir neu well o'r pentref.
Nid oedd fawr o gamp arno, na neb yn byw ynddo ers dros
flwyddyn. Barnai'r wreigdda y gwnâi'r tro, efallai, ond
tacluso tipyn arno. Ond ofnai na allai boneddigion fod yn
hapus iawn mewn lle mor wael. Eiddo Mr. Jones, y Siop,
ydoedd. Agorodd Mr. Jones ei lygaid yn llydan mewn
syndod wrth weld dau ŵr ieuanc coeth, trwsiadus, yn holi
am Hafod Unnos. Dywedodd Gwynn Morgan wrtho ei fod
yn beintiwr, a'i fod yn bwriadu aros beth amser yn y
gymdogaeth i beintio ei golygfeydd ardderchog.

"Rydym ni wedi hen arfer â'i ryffio hi," meddai, "a
chredu rydw i y gwna Hafod Unnos ein tro, os gosodwch
chi o inni wrth yr wythnos."

Rhoes Mr. Jones yr agoriad iddynt i fynd i weld y lle drostynt eu hunain, a dywedodd, os hoffent y lle, y gallent ei gael, a chroeso, am bedwar swllt yr wythnos.

Nid oedd eisiau lle mwy unig i fodloni breuddwydion meudwy. Safai beth pellter o'r ffordd fawr, a rhodfa las drwy brysgwydd yn arwain ato. Y tu ôl iddo yr oedd coedlan o binwydd, ac ni welid un tŷ arall o'i ddrws, ddim mwy nag y gwelid yntau o'r un annedd arall yn y gymdogaeth. Teg a swynol oedd ei olwg oddi allan, a'i do gwellt, a'i furiau wedi eu gorchuddio ag iorwg, a'r ffenestri plwm hen ffasiwn wedi hanner eu cuddio ganddo. Erbyn agor y drws, nid deniadol iawn oedd yr olwg tu mewn. Yr oedd mawr angen am ysgub a dwfr arno, ac nid oedd ei furiau yn edrych yn lân iawn; buasai'r pryf copyn yn brysur am fisoedd yn crogi ei weoedd drostynt. Agorai'r drws yn syth i'r ystafell a wasanaethai fel parlwr a chegin ynddo. Ac o honno agorai dau ddrws i ddwy ystafell gysgu, a dyna holl ystafelloedd yr Hafod Unnos. Llawr pridd a oedd i'r gegin, a llawr coed go arw yn yr ystafelloedd cysgu. Isel oedd y drws, a rhaid oedd i'r ddau ŵr ieuanc blygu eu pennau wrth fynd i mewn. Fel y dywedasai Gwynn wrth Mr. Jones, gallai'r ddau ddygymod ag amgylchiadau dipyn yn wasgedig heb ddioddef fawr o anhwylustod. Gwelsant y gwnâi'r bwthyn y tro, ond ei lanhau, a chael ychydig ddodrefn iddo.

Wedi cyrraedd yn ôl i'r pentref, cymerasant y bwthyn, ac anfonwyd gwraig weddw yno ar unwaith i'w lanhau. Prynasant hefyd amryw fân lestri, a phethau eraill, at eu gwasanaeth, a rhoesant gyfarwyddiadau i Mr. Jones i anfon ymborth a phethau angenrheidiol eraill iddynt bob dydd. Wedi hynny, aeth Bonnard a Morgan i'r dref nesaf i brynu hynny o ddodrefn rhad a oedd yn angenrheidiol. Llwyddasant i gael y dodrefn yno y prynhawn hwnnw, ac erbyn wyth o'r gloch y nos yr oedd eithaf trefn ar bethau.

Gosododd y wraig swper blasus o'u blaenau, ac yna aeth ymaith gan addo bod yn ôl erbyn deg fore drannoeth.

Eisteddodd y ddau i fwyta eu hwyrbryd, ond byr waith a wnaeth Bonnard o'i ran ef ohono. Teimlai nad oedd ganddo amser i'w golli. O'i flaen yr oedd pum milltir o daith, ac yn ei fynwes awydd angerddol am weld Llio, ond nid oedd yn fodlon cyfaddef wrtho'i hun fodolaeth y teimlad hwnnw.

"'Rydw i'n gweld y lle yma rŵan yn edrych yn eitha cartrefol a chysurus," ebr Gwynn Morgan, gan sythu yn ei gadair, ac edrych o'i gylch. Aeth rhywbeth fel cysgod gwên dros wyneb tywyll Bonnard:

"Tybed," eb ef, "y ca' i gartre rywdro?"

Chwarddodd Gwynn yn llon ac ysgafn ei fryd, ac ebr yntau:

"Wrth gwrs y caiff bachgen smart fel y chi gartre, ag un o ferched hardda'r byd yn goron arno."

Cododd Bonnard ar hynny; gyda Llio yr oedd ei feddyliau.

"Rhaid i mi fynd yn awr; *au revoir.*"

"Nos dawch; cymerwch ofal ohonoch ych hun, Ivor, a chofiwch nad oes yn y byd yma ddim gormod o bobol dda."

Cerddodd Bonnard ar hynny allan o'r tŷ; ac yr oedd hi yn nos. Gofynnai iddo ei hun a oedd yn ddyn da; pe gwybuasai Gwynn holl gyfrinach ei galon ef, a fuasai ei natur onest, gariadlon, wedyn yn ei alw yn ddyn da. A fuasai'n meddwl mor uchel o'i gyfaill distaw a thrist?

Pennod VIII.
Ryder Crutch

Er bod Bonnard yn cyflym leihau'r pellter rhyngddo a
Phlas y Nos cyn gynted ag y gadawodd ddrws Hafod
Unnos, caiff y darllenydd deithio ychydig yn gyflymach, a
chyrraedd yno o'i flaen. Dyma ni unwaith eto yn yr hen blas,
ac wedi disgyn i lawr y grisiau i'r ystafelloedd ar y llawr. Fe
wna pedwar mur, nenfwd, a llawr, ystafell; o leiaf, dyna
bron gymaint ag a ellir ei ddweud am yr ystafell y ceisiwn
arwain y darllenydd iddi'n awr. Adfeiliedig ydoedd, a budr,
ac anghysurus, rhwd blynyddoedd ar ffyn y grât, a phob
math o geriach o'i mewn. Gwnaethai mwg a llwch y nenfwd
yn ddu, ac ni buasai ysgub ar hyd y llawr ers blynyddoedd.
Meddianasai'r pryf copyn bob congl, ac estynnai ei raffau
ar draws ac ar hyd, yn ôl ei gyfleustra neu ei fympwy ei hun.
Ni ddeuai pelydr heulwen byth i mewn iddi, am fod
caeadau trwchus ar y ffenestri; ac ni ddihangai yr un llewych
egwan oddi wrth y gannwyll a losgai oddi mewn, i fradychu
dim o gyfrinach Plas y Nos.

Ar ganol yr ystafell safai hen fwrdd; neu, yn fwy cywir,
safai yno weddillion peth a fuasai'n fwrdd derw hardd
unwaith. Wrth y bwrdd yr oedd hen gadair, hen gwpwrdd
wrth y mur, y ddau o dderw ac o batrwm oes falch Siarl yr
Ail. Diau y cawsid prisiau da amdanynt, wedi eu glanhau
a'u dodi ar y farchnad; ond yn y fan brudd a budr hon
edrychent yn ddiolwg a di-werth.

Yn yr hen gadair dderw, a'i ochr at y bwrdd, eisteddai
hen ŵr; dichon nad oedd yn fwy na thrigain oed, dichon ei
fod yn bedwar ugain; yr unig beth sicr amdano oedd ei fod
yn hen. Edrychai yn awr yn llawn pedwar ugain, ond petasai

wedi byw ugain mlynedd arall, prin y gallasai edrych yn hŷn.
Yr oedd yn dal, ond wedi crymu cymaint nes ymddangos
yn fyr; gwelw oedd ei wyneb, a thenau iawn, fel ei gorff i
gyd. Gwelid olion poen fawr ar ei ruddiau llwydion. Aethai
ei fochau'n bantiau, a'i wefusau'n sychion a gwynion;
bychain oedd ei lygaid, a llwydion, eto aflonydd a
threiddgar; a than ei aeliau trymion edrychent fel dau
farworyn disglair o dân. Edrychai o'i gylch yn wastad, fel
pe bai wedi arfer bod ar ei wyliadwriaeth. Yr oedd, hefyd,
rywbeth fel cysgod ofn yn ei lygaid a holl ystum ei gorff,
tebyg i'r hyn a welir mewn creadur sy'n wastad yn cael ei
hela. Ond nid golwg ddiniwed yr ysgyfarnog neu'r carw,
eithr golwg creadur maleisus, gwenwynig a chreulon.

Afler a di-drefn oedd holl olwg yr hen greadur; yn lle côt
gwisgai fath o ŵn carpiog, ac am ei ben hanner moel yr
oedd cap bychan du. Pe digwyddasai i'r dyn mwyaf materol,
yr amheuwr onestaf ym modolaeth ysbrydion, weld y
creadur dieithr hwn yn un o fynedfeydd Plas y Nos, diau y
buasai'n amau ei fateroliaeth ei hun, ac yn hanner credu mai
drychiolaeth a welsai.

Ond nid ef oedd yr unig un yn yr ystafell; yr oedd Llio
gydag ef, Llio mor swynol a phrydferth a diniwed ag yr
oedd ef yn hagr ac atgas. Edrychai'r eneth arno â
theimladau cymysg o ofn a chasineb, fel a fydd yn
meddiannu dyn wrth syllu ar ryw ymlusgiad aflan a
gwenwynig. Gwelid teimladau ei mynwes yn ei llygaid. Am
oddeutu deng munud, safodd yno'n llonydd yn edrych arno,
ac ofn i'w weld yn cynyddu ac yn cronni yn ei llygaid. Ond
nid oedd ef yn symud dim, a hithau'n dychrynu rhag tynnu
ei sylw ati ei hun, ac er hynny heb nerth i fynd ymaith. O'r
diwedd, torrodd ar y distawrwydd ag ochenaid, a
gofynnodd yn grynedig:

"Pam daru chi alw? Oes arnoch chi eisio rhywbeth gen i?"

Amlwg oedd y gwyddai eisoes ei bod yno, oblegid ni chynhyrfodd wrth glywed ei llais. Cododd ei lygaid yn araf oddi ar ddalennau'r llyfr o'i flaen, ac edrychodd ar yr eneth. Dan ei drem ciliodd hithau'n ôl, dan grynu fel deilen. Chwarddodd yr adyn yn gryglyd ac annaturiol.

"Ydw i'n edrych yn debyg iawn i'r cythraul?" gofynnodd, a chaled fel seiniau corn pres oedd acenion ei lais. "Pam mae arnoch chi f'ofn i? Fydda i yn ych cam-drin chi o gwbwl?"

"Na, na!"—a thynnodd yr eneth ei llaw'n frysiog dros ei haeliau. "Ond rydech chi'n gwneud imi gofio nad oeddwn i ddim bob amser o 'ngho. O! beth wnaeth imi golli fy synhwyrau?"

Daliodd yr adyn i syllu arni heb dynnu ei lygaid oddi arni gymaint ag eiliad, a hithau'n gwywo a bron llewygu dan ei drem.

"Sut y gwn i?" gofynnodd, a chwanegodd mewn llais isel, a gwên greulon ac annynol yn chwarae ar ei wefusau gwynion, teneuon. "Rydech chi'n wallgo, a gwallgo fyddwch chi am byth. Pam rydech chi mor aflonydd heddiw? Oes arnoch chi awydd dengyd?"

"O, nag oes. Rhaid imi beidio â gwneud hynny. Rhaid imi aros yma. Y chi sy'n gwybod pam."

Llithrodd trem greulon o amheuaeth aflonydd dros gwysi ei wyneb; a gwyliai ei hwyneb a'i holl ysgogiadau yn fanwl.

"Rhaid," eb ef, "a wyddoch chi pam y mae'n rhaid inni aros yma?"

Gwibiai ei llygaid yn wyllt i bob congl o'r ystafell, yna ymddangosai fel pe bai'n gwrando. Torrodd "tw-hwi" tylluan yn sydyn a lleddf ar y distawrwydd o'r eiddew wrth y ffenestr. Cododd yr eneth ei bys gwyn i fyny.

"Úst!" sibrydodd; "mae'r tylluanod yn gwybod pob peth. Maen nhw'n gwybod pam rydw i wedi anghofio; ond mi gofia innau ryw ddiwrnod—ryw ddiwrnod."

"Mi gymera i ofal o hynny," mwmialai'r dyn wrtho ei hunan; ond edrychodd arni braidd yn ddychrynedig, ar ôl geiriau rhyfedd yr eneth.

Llithrodd Llio yn ddistaw ac ysgafn at y ffenestr. Drachefn atseiniodd llais y dylluan tu allan yn glir, yn wylofus a galarus.

"Fflam felltith ffaglo'r hen dderyn 'na!" ebr y dyn rhwng ei ddannedd.

Ar y bwrdd gerllaw yr oedd potel o frandi, a gwydryn wrth ei hochr. Tywalltodd â llaw grynedig ddogn mawr o'r gwirod i'r gwydr, a llyncodd ef fel petai'n ddwfr glân.

"Rydw i wedi blino," cwynai Llio, "mae hi'n agos i hanner nos; gadwch imi fynd ymaith."

"Sut y gwyddoch chi i bod hi'n hanner nos?"

"Ond y dylluan," ebr hithau, "y dylluan wen fawr sy'n nythu tu allan i'r ffenest yma, y hi fydd yn deud yr amser wrtha i. Mi fydd yn gweiddi 'tw-hwi' bob amser tua hanner nos i ddeffro ysbrydion y meirw, iddyn nhw ddechrau cerdded ar hyd y mynedfeydd a thrwy'r ystafelloedd yma, i gwyno'i cam, ac i..."

"Taw'r munud yma, y ffolog wallgo'," llefodd y dyn yn ffyrnig, gan neidio ar ei draed, a cheisio ymunioni; crynai hithau gan ofn, a cheisio cuddio'i hwyneb. Wrth weldei hofn, casglodd yntau nerth i chwanegu:

"Rhowch y gorau i'r lol yma, a pheidiwch â gadael imi ych clywed chi'n siarad fel yna eto. Mae'r meirw yn gorwedd yn 'i beddau mewn heddwch, a dallan nhw ddim dŵad yn ôl atom ni."

Nid atebodd hi iddo air, ond symudodd yn araf at y drws.

"O, gadwch imi fynd," sibrydodd yn grynedig, "gadwch imi fynd."

"Wel, ewch, ynteu; a chymerwch ofal rhag 'y nghyffroi a 'ngwylltio i," eb ef; ac yna chwanegodd, megis wrtho'i hun, "a pheidiwch â siarad gormod; dydi rhai pobol ddim yn byw'n hir wrth siarad gormod."

Amneidiodd â'i law am iddi fynd, ac wrth iddo wneud yr oedd gwên ddieflig ar ei safn; yna ymsuddodd i gadair fawr a oedd yn ymyl. Nid oedd eisiau dweud ddwywaith wrthi hi am fynd; diflannodd o'r ystafell, a llithrodd yn ddistaw fel ysbryd dychrynedig trwy'r orielau tywyll, i fyny'r grisiau llydain. Er ei bod yn symud yn brysur a chyflym, ac er bod peryglon ar bob llaw iddi, daeth drwyddynt yn ddiogel, am ei bod yn gwybod am bob twll a chornel yn yr hen adeilad. Truenus ydoedd ei hystafell hithau, er ei bod yn berffeithrwydd esmwythyd o'i chymharu â'r lle a adawsai o'i hôl. Wedi cyrraedd iddi, disgynnodd ar ei gliniau, anadlai'n gyflym, a gwasgai ei dwylo ynghyd.

"O, mae o'n codi ofn arna i pan fydd o'n edrych fel yna," griddfanodd. "Hwyrach mai fy lladd a ga' i, a hynny cyn iddo fo ddŵad; ac O! be wnaiff o, os daw o yma, a 'nghael i wedi marw? Na, na, rhaid imi beidio â marw—mi ddaw o i 'ngwaredu i—ag mi ddaw'n fuan iawn rŵan. Ac O! mi fydda i'n ddedwydd wedyn."

Wedi i Llio ei adael, eisteddodd y dyn yn yr ystafell islaw, yn hollol lonydd am rai munudau, a gwasgodd freichiau'r gadair a'i ddwylo teneuon, asgyrniog. Yna cododd yn araf, ac wedi cerdded at yr hen gwpwrdd agorodd un o'r caeadau ag agoriad a grogai am ei wddf. Wedi hynny, cymerodd agoriad arall, ac agorodd ddrws bychan oddi mewn i'r cwpwrdd, a thynnodd allan becyn â golwg hen a llwyd arno. Oddi mewn i hwn yr oedd darn o bapur melyn gan oed; wedi ei agor darllenodd yr ysgrifen a oedd arno rhyngddo ag ef ei hun wrth olau'r gannwyll: "Ryder Crutch, yr ydych wedi fy ngwneud yn garcharor yn fy nhŷ fy hun, ond ni ellwch blygu fy ysbryd byth. Gellwch ddwyn fy mywyd oddi

arnaf, ond cyn sicred ag y gwnewch hynny bydd i ddialedd
creulonach na'r bedd eich goddiweddyd. Y mae un a'm câr
yn fyw, a thu hwnt i'ch gafaelion chwi; i'w ddwylo ef y
trosglwyddaf fy achos."

Tremiodd y dyn o'i amgylch ogylch i bob man, a
gwasgodd y llythyr yn ei ddwylo; yn raddol, ciliodd yr ofn
o'i wyneb, a gloywodd goruchafiaeth faleisus yn ei lygaid
meirwon.

"Un na ŵyr ddim yn awr," mwmialai, "ag ni chaiff
wybod byth. Rydw i'n hollol ddiogel tra bydd yr eneth yn
wallgo, a mi gymera' i ofal am 'i chadw hi felly tra bydd hi
byw. Does neb yn gwybod, a phe baen nhw'n gwybod,
fuasen nhw byth yn meddwl chwilio amdana i yn y fan yma.
Na, rydw i'n ddiogel—yn ddiogel hefo'r ystlumod a'r
tylluanod, ac adar y nos a'r cyrff meirw—dydyn nhw ddim
yn cario straeon." Chwarddodd yn uchel! Chwerthiniad di-
bwyll, erchyll, arswydus; yfodd chwaneg o frandi, a
chwarddodd drachefn.

Pennod IX.
Cariad a Dialedd

Wrth weld y drws yn agor, a chorff tal Bonnard yn ymddangos, neidiodd Llio ar ei thraed. Fe'i taflodd ei hunan hefyd ar ei fynwes, a phlethodd ei breichiau am ei wddf mewn llawenydd gwyllt; daliai yntau hithau cyn dynned â phetasai rhywun ar fedr ei dwyn oddi arno.

"Oeddech chi'n f'amau i, Llio?" gofynnodd yn dyner. "Oeddech chi'n ofni na fuaswn i ddim yn dŵad?"

"Nag oeddwn, wir," ebr hithau, dan wenu; "roeddech chi wedi addo, a fuasech chi byth yn torri addewid."

Daliai i syllu ar ei wyneb, â'i llygaid gwylltion, prydferth, yn llawn llawenydd. Diflannodd ei hofnau, ac anghofiodd yr adyn a oedd newydd ei bygwth. Teimlai fod breichiau un amdani a'i hamddiffynnai rhag pob cam, ac a'i cysgodai rhag pob tymestl. Ag ef yn agos, ni allai ei meddwl lai na bod yn dawel.

"Fe ŵyr y nefoedd na wneuthum hynny," meddyliai yntau yn ei galon, "yn enwedig addewid i'm tlws." Yna eisteddodd i lawr, a thynnodd yr eneth i'w hen safle ar y llawr wrth ei liniau, ac eb ef wrthi:

"Mae rhywbeth wedi ych dychryn chi, Llio; be ydi o?"

"Y fo sy wedi fy nychryn i," ebr hi, ac ymwasgodd yn nes ato.

"Y fo? Pwy ydi o, Llio?"

"Y 'nhad," sibrydodd hithau.

"Llio, ydi o'n greulon wrthych chi?"

"Nac ydi, O, nac ydi, wir; ond mae o'n edrych mor hyll a dychrynllyd, ac yn gwneud imi gofio nad oeddwn i ddim bob amser o 'ngho."

Awgrymodd hyn i Bonnard fod yn rhaid bod rhyw gysylltiad rhwng ei thad ac ystâd bresennol ei meddwl. Hwyrach mai bod yn dyst o ryw weithred ysgeler ac erchyll o'r eiddo ef a'i gyrrodd yn wallgof. Rhaid holi chwaneg arni.

"Doeddech chi ddim yn y fan yma bob amser, Llio, oeddech chi?"

"Nac oeddwn," atebodd hithau, ond eto heb fod yn sicr iawn o hynny.

"Ydech chi'n ych cofio'ch hun yn rhywle arall cyn dŵad yma?"

"Dwn i ddim. Mi fydda i'n cofio gweld afon a choed, a rhywun fyddai'n 'y ngharu i ac yn 'y nghusanu i, ac yn 'y ngharlo i ar 'i fraich, a minnau'n eneth bach; ond hwyrach mai breuddwydion ydi pethau felly i gyd."

"Welsoch chi neb oedd yn ych caru chi ar ôl hynny, Llio?"

Edrychodd yr eneth ym myw ei lygaid, a darllenodd yntau'r cwestiwn yn ei threm: "On' dydech chi yn 'y ngharu i?" Ac yn ateb i gwestiwn ei threm gwasgodd hi'n nes ato.

"Ydw, Llio, rydw i'n ych caru chi. F'anwylyd i ydech chi, on'te?"

Daeth gwrid gwan dros ei gruddiau gwynion, ac am eiliad methodd ei llygaid gyfarfod ei lygaid ef. Gwelodd iddo gyffwrdd y reddf fenywaidd a oedd yn huno o'i mewn, ond eto heb ei deffro, a churodd ei galon gan lawenydd newydd wrth weld arwydd o hynny. A oedd rhywbeth yn bod na allai cariad ei harwain drosto i'r goleuni? Gwynfydedig fyddai'r dydd y gwelai hi wedi dysgu ei ofni, a gwylaidd gilio oddi wrtho, a hanner cywilyddio am huodledd ei chariad syml, plentynnaidd. Ond dyna'r dydd y gallai ef ei hawlio fel ei eiddo, a'i derbyn mewn gwirionedd.

Wedi syllu ar y llawr am ychydig amser, cuddiodd ei hwyneb ar ei fynwes, a sibrydodd:

"Rydw innau'n ych caru chithau'n fwy na dim."

Plygodd yntau i lawr, a chusanodd ei thalcen can, a gwelodd y gwrid egwan yn mantellu ei grudd eilwaith. Nid y gwrid tanbaid hwnnw mohono a lysg ruddiau rhiain pan ddeffry traserch yn ei natur. Tebycach oedd i wrid loes ar wen rudd lleian sant darluniau anfarwol y Canol Oesoedd. Wedi ei wylio nes cilio ohono, sibrydodd Bonnard yn dyner:

"Rhyw ddiwrnod, Llio, mi ddowch i ffwrdd hefo mi, a mi arhoswch hefo mi am byth."

"O gwna, ond nid yrŵan; fedra i ddim dŵad i ffwrdd hefo chi yrŵan."

Ni allai hyd yn oed cariad Bonnard symud dim arni yn hyn o beth. Ail ddechreuodd yntau gwestiyno:

"Ond rydech chi wedi bod yma'n hir, Llio?"

"Wn i ddim; mae o'n edrych yn hir iawn."

"Hefo'ch tad y daethoch chi yma?"

"Wn i ddim"; ac ychwanegodd ag ochenaid: "Am mod i o 'ngho rydw i'n anghofio pethau fel hyn. Be ydi'ch enw chi?"

"Bonnard."

"Bonnard? On'd enw Ffrengig ydi o? Nid Ffrancwr ydech chi?"

"Wel, ie, mewn rhan. Ond tydi hynny ddim yn peri ichi ngharu i'n llai, ydi o, 'nghariad i?

"O, nag ydi," atebodd hithau. "Dydech chi ddim yn ofni hynny, ydech chi? Feder dim wneud imi ych caru chi'n llai."

"Rydw i'n gobeithio medru bod bob amser yn deilwng o'r fath ymddiried," ebr y dyn ieuanc yn ddifrifol.

"A fe wnewch chitha 'y ngharu innau bob amser," ebr Llio, mewn sicrwydd tawel.

"O, gwna, Llio; feder dim newid 'y nghariad i atoch chi," ebr Bonnard, a seliodd ei eiriau â chusan ar ei thalcen.

"Ond be ydi'ch enw cynta chi," gofynnodd Llio; "dydw i ddim yn licio ych galw chi'n Mr. Bonnard."

"Ivor," atebodd yntau.

"Wel, dyna enw Cymraeg clws, beth bynnag," ebr Llio. "Mae Ivor yn un o'r enwau clysa gen i. A dydech chi ddim yn Ffrancwr i gyd? Rydech chi'n dipyn o Gymro?"

"Rydw i'n fwy o Gymro na dim arall, Llio fach; yn enwedig wedi'ch gweld chi."

Bu distawrwydd wedi hyn am rai munudau.

"Ivor," ebr Llio toc; ac O! felysed llythrennau ei enw ar ei gwefus findlws hi. "Rydw i am ddeud wrthoch chi rŵan. Mae'r tylluanod yn gwybod, a mae'r meirw'n gwybod, ond neb arall."

"Yn gwybod be, 'y mhlentyn i?" Rhedodd ias oer drosto wrth glywed ei geiriau dieithr; sut y gallai ei bywyd ieuanc, cynnes hi ddal cymundeb â'r pethau annaearol a gyniweiriai drwy'r lle ofnadwy hwn?

"Yn gwybod 'i fod o wedi gwneud drwg mawr—pechod ofnadwy," ebr hi, ac amrantau a chanhwyllau ei llygaid yn lledu gan ofn.

Saethodd syniad erchyll drwy fynwes Bonnard fel ergyd cyllell, a theimlai oerni rhew yng nghraidd ei galon; gwelwodd ei wefusau, a glynodd ei dafod wrth daflod ei safn. Am foment, ni fedrai dorri gair; y foment nesaf, plygodd at wyneb yr eneth, a meddai, mewn llais crug, annaturiol:

"Be ydi enw ych tad? Atebwch fi!"

"Wn i ddim, dydw i ddim yn cofio," ebr hithau dan grynu. "O, Ivor," ag ochenaid, "peidiwch ag edrych arna i fel yna, mae arna i ofn."

Edifarhaodd yntau anghofio ohono ei hun, a gwasgodd hi'n dyner ato.

"Fy Llio deg i, peidiwch â meddwl mod i wedi digio wrthoch chi. Ond, dywedwch i mi, petasech chi'n clywed 'i enw o, fuasech chi'n 'i gofio fo?

Petrusodd yr eneth am ysbaid; yna dywedodd yn araf: "Rydw i'n meddwl y buaswn i."

Penderfynodd yntau chwilio a phrofi ei chof yn drwyadl.

"Ai John Williams ydi o?"

Ysgydwodd Llio ei phen. "Nage," ebr hi.

"Ai Llywelyn Bowen?"

"Nage."

Ai James Carman?"

"Nage..."

"Ai Ryder Crutch?"

Wrth glywed yr enw hwn, cyffrôdd drwyddi, a gwasgodd ei thalcen â'i llaw. "Ie, ie," ebr hi yn awchus, "dyna'i enw o, Ryder Crutch."

Fflachiodd tân dieithr yn llygaid Bonnard; rhuthrodd ei waed fel ton ruddgoch dros ei wyneb; a chiliodd yr un mor sydyn, nes ei adael mor welw â marwolaeth.

"Ryder Crutch! y nefoedd fawr! Mae o yma, a dyma'i blentyn o," murmurai rhwng ei ddannedd wrtho'i hun. Gwthiodd yr eneth oddi wrtho, heb wybod yn iawn beth yr oedd yn ei wneud. Cododd ar ei draed, croesodd yr ystafell, ac ymollyngodd i gadair mewn hanner llewyg o nwyd. "Yma, yma," llefai, gan grafu'r llawr â'i sawdl, fel petai'n ceisio mathru a llethu rhyw ymlusgiad aflan, "yma, a'i fywyd yn fy llaw? Ond y mae'r gyfrinach ganddo, a fedra i ddim cael fy nial ar unwaith. Ond, O Dduw, ei blentyn! A minnau'n ei charu! Mi rwygaf y cariad allan o'm mynwes, pe torrwn fy nghalon wrth wneud; mi a'i rhwygaf allan, a mi a'i sathraf o dan fy nhraed!"

Disgynnodd ei lygaid ar Llio; yr oedd hi wedi cilio rhagddo, ac yn sefyll yn erbyn y mur gyferbyn, ei dwylo'n dynn ar ei mynwes, a'i hwyneb mor welw ag angau. Gwelodd y fath ing a phoen gwyllt yn nyfnder ei llygaid, a thros ei hwyneb, ag a liniarodd nwyd ei galon. Diniwed oedd hi, beth bynnag, ac adfydus iawn. Yr oedd yn ei garu, ac yn ymddiried ynddo. Gwthiasai yntau hi oddi wrtho. Yna estynnodd ei freichiau ati, a dywedodd:

"Llio, f'anwylyd, dowch yma!"

Llamodd yr eneth ato, a'i thaflu ei hunan wrth ei draed. Dododd yntau ei fraich amdani, a thynnodd hi i'w fynwes—i fynwes lawn o deimladau cymysg cariad a phoen, chwerwder atgof am a fu, drysni cydwybod, ac ansicrwydd am lwybr dyletswydd y dyfodol.

"Fy nhlws," sibrydodd, gan gusanu'r dagrau a lanwai ei llygaid, a'r gwefusau a grynai fel yr eiddo yntau, "maddeuwch imi; doeddwn i ddim yn bwriadu hyn. Rydw i'n ych caru chi â holl angerddoldeb f'enaid; 'dall dim byd newid 'y nghariad i—mae hwnnw mor dragwyddol â dim sydd yno i."

"Rhaid ichi fod yn garedig wrtha i, neu mi fydda i farw," ebr hi, â theimlad mawr.

Felly y cysurwyd Llio ddiniwed, a daliodd ei gafael yn Bonnard â'i hymddiried blaenorol; yn wir, nid amheuodd ei ffyddlondeb o gwbl; tybiodd mai rhyw fai ynddi hi a barasai iddo ei gwthio ymaith.

Anodd oedd meddwl dial ar yr eneth ddiniwed am drosedd ei thad; ac eto, sut y gallai garu ac anwylo am ei oes ferch y dyn a gyflawnasai'r weithred honno, y dyn y tyngasai y byddai iddo dywallt ei waed? Amhosibl peidio â dial; ni allasai, pe mynasai, wneud cam â'r marw. Ond galwai cariad a chyfiawnder arno i adael Llio. Onid y nefoedd ei hun a'i rhoddasai, ac a'i datguddiasai yntau iddi hithau fel ei gwaredydd, a hynny cyn ei ddyfod, ac a'i harweiniasai i gyflawni ei genadwri. Rhaid bod ffordd allan o'r dryswch, heb dreisio coffadwriaeth y marw na chariad y byw. Cafodd yn y meddwl hwn nerth a chysur. Teimlodd sicrwydd y byddai i'r Dynged a'i harweiniodd hyd yn hyn mor ddi-feth

ei arwain eto hyd derfyn y llwybr dieithr y teithiasai ar hyd-
ddo.

A ddamweiniasai i Llio ddarganfod y peth yr
ymrwymasai Ivor Bonnard i'w chwilio allan? Ai hyn a
ddrysodd ei synhwyrau? Trwyddi hi, felly, y gallai yntau
ddyfod o hyd i'r gwir. Beth? ceisio dinistr y tad trwy ei
blentyn diniwed? Edrychodd Bonnard i lawr â chalon lawn
ar yr wyneb ifanc teg a orffwysai mor dawel ar ei fynwes.
Yn sydyn a chynhyrfus, gwasgodd Llio yn nes i'w galon.
Edrychodd hithau i fyny, a chyfarfu llygaid y ddau. Plygodd
yntau'n is, a chusanodd hi yn nwydwyllt.

"Fy Llio annwyl i!" meddai, "'y nghariad ddigefn ac unig.
Doed a ddelo, mi fydda i'n gywir i chi, a chewch chi byth
ddiodde o f'achos i."

Cadarnhawyd ei ofnau gwaethaf; ond os gallai
ymguddio yn y tŷ a gwylio Ryder Crutch, credai y gallai
ddyfod o hyd i'r hyn a geisiai. Ofnai hefyd beryglu Llio pan
ddeallai ei thad fod ei rheswm yn dyfod yn ôl. Ei hanobaith
hi oedd ei obaith ef; a galwai ei ddiogelwch am iddi barhau
fel yr oedd, er na allai ei blentyn byth ei fradychu'n fwriadol.
Er hynny, nid tebyg oedd y byddai i adyn mor gyfrwys,
diegwyddor, a chreulon ymddiried ei ddiogelwch i ddwylo
merch, na phetruso moment gymryd ei bywyd, os byddai
hynny o ryw fantais i'w ddiogelwch ei hun.

Gwelai lawer rhwystr ar ffordd ei gynllun, ond rhaid
oedd eu gorchfygu. Os rhaid oedd iddo drigo bron yn gyfan
gwbl ym Mhlas y Nos, cyfiawnder â Morgan fyddai dweud
y cyfan wrtho, er mwyn i'w gyfaill wybod ei holl berygl.
Hwyrach, hefyd, y byddai'n dda iddo wrth help Gwynn
Morgan.

Po fwyaf a welai ar Llio, agosaf oll yr ymddangosai dydd
ei hadferiad, a chredai'n ddiysgog bob awr yn ei allu i edfryd
ei chof iddi; byddai'n ddedwyddach yn agos at Llio, er

mwyn gwylio drosti a'i hamddiffyn. Anesmwyth oedd drwy'r dydd, a hiraethai am hanner nos, fel y gallai ddychwelyd at Llio. Ofnai rhag i niwed ei goddiweddyd, ag ef ymaith; yn enwedig pan gofiai debyced oedd bod ymennydd Ryder Crutch hefyd wedi drysu. A phwy ond dyn wedi drysu a fuasai'n byw ym Mhlas y Nos, lle cyflawnodd ei drosedd ysgeler, ac ynghanol y golygfeydd a'i dygai i'w gof yn barhaus? Oblegid, gan na wyddai neb am ei drosedd, gallai rodio lle y mynnai heb gysgod perygl.

Llwydai gorwel y dwyrain ar gyfer toriad gwawr, pan fedrodd Bonnard ddweud ffarwel wrth Llio, ac addo dychwelyd gyda'r nos.

"Mi wn i y dewch chi'n ôl," ebr hi, a chyda'r geiriau yn ei glustiau y gadawodd hi, ac yr ymgollodd yn y coed mawrion, tywyll, a guddiai ei ffordd i Hafod Unnos.

Pennod X.
Stori Ivor

"Ellwch chi roi awr o amser i wrando ar fy stori i'r bore yma, Gwynn?"

"Galla, faint fynnoch chi o oriau, Ivor."

Eisteddai'r ddau gyda'i gilydd ar ôl eu borebryd; neu, i fod yn gywirach, eisteddai Gwynn ar sedd isel wrth y ffenestr, a safai Ivor yn ymyl, a'i bwys ar y pared.

"Pan welais i chi gynta, mi ddwedais wrthych mai Bonnard oedd f'enw, a mai Ffrancwr oeddwn i. Mae'n wir fod gwaed Ffrengig yn 'y ngwythiennau, ond trwy fy mam y cefais i o. Ei henw morwynol hi oedd Bonnard. Lucas Prys oedd enw 'nhad."

"Lucas Prys!"

"Ie; rydw i'n fab i'r Lucas Prys fu'n byw ddiwaetha o bawb ym Mhlas y Nos."

"Y chi?"

"Ie, myfi! Ond cofiwch mai tua blwyddyn yn ôl y cefais i wybod gynta am y peth sydd gen i i'w ddeud wrthych chi. Doeddwn i fawr fwy na baban pan 'y nghymerwyd i i ffwrdd o Blas y Nos; ond mae gen i go byw am 'y mam yn wraig ifanc dlos, a braidd yn llwyd, fyddai'n arfer 'y mynwesu i a 'nghusanu."

Crynai ei wefusau fel y dywedai'r geiriau olaf; ond buan y gorchfygodd ei deimlad, ac yr aeth ymlaen yn benderfynol:

"Un rhyfedd braidd oedd 'y nhad—dyn prudd, yn edrych ar yr ochor dywyll bob amser, ac yn dueddol iawn i chwilio am feiau, ac amau pawb. Yn aml, mi fyddai'n sarrug a diarth, ac ar adegau dangosai eiddigedd o 'mam. Er mwyn 'i chosbi hi, a'i gau 'i hunan, a'i chau hithau, oddi wrth y byd, mi ddaeth i Blas y Nos i fyw. Gwraig lawen a bywiog oedd 'y mam, fel y rhan fwya o ferched Ffrainc; a doedd 'y nhad, druan, ddim yn 'i deall hi. Mi fu o farw'n sydyn iawn o glefyd y galon, a mi adawyd 'y mam yn unig. Yn 'i ewyllys, mi roddodd 'y nhad 'i holl eiddo i mi; ac ar f'ôl i, i 'ngwarcheidwad, a'i gyfaill yntau, Ryder Crutch, gŵr roedd 'y nhad yn ymddiried yn llwyr ynddo. Ond nid felly 'y mam. Wedi marw 'nhad, mi ddoth Crutch ar unwaith i Blas y Nos, a mi casaodd 'mam o yn waeth nag erioed. Roedd hi'n teimlo'n argyhoeddedig mai drwg oedd o'n fwriadu i mi; ac am hynny, mi f'anfonodd i i ffwrdd yn ddirgelaidd i Ffrainc, dan ofal Marie, ei morwyn Ffrengig, at gyfreithiwr o'r enw Chretien, oedd yn gweinyddu stad fechan o'i heiddo hi yn Gasconi. Anfonodd lythyr at hwnnw i ddeud yn fyr i bod hi'n 'i apwyntio fo'n warcheidwad imi, ac yn trosglwyddo'r stad i f'enw i. Ac yno, felly, y magwyd fi, dan ofal yr hen Chretien lawen a doniol. Meiddiodd Crutch garu 'mam, a gofyn iddi ddyfod yn wraig iddo. Mi gwrthododd hithau o mewn dychryn ac arswyd; ac er 'i bod hi'n wan ac ofnus, roedd ganddi ewyllys anhyblyg. Wrth weld 'y mam yn gwrthod gwrando arno, er gwaetha teg a garw, gwên a bygwth, mi carcharodd hi yn un o'r ystafelloedd i'w newynu i ufudd dod; ond mi fethodd yn 'i amcan. O'r diwedd, un noson, wedi mynd yn gynddeiriog wrthi am bara i'w wrthod, mi llofruddiodd hi.''

"Bonnard! Ydech chi'n siŵr?"

Gwelwlwyd oedd wyneb Bonnard, a'i ddyrnau ynghau. Am funud neu ddau, ni ddywedodd air oherwydd dyfned ei deimladau; ond wedi ei feistroli ei hun, aeth ymlaen:

"Mae'r stori mor wir a 'mod i'n fyw! Wrth nad oedd hi'n clywed gair oddi wrth 'mam, mi ddoth Marie'n ôl i Loegr, a mi aeth i Blas y Nos. Mi ddeallodd yn fuan fod y forwyn arall, Therese, wedi diflannu o'r gymdogaeth; mi glywodd hefyd, fod y stori rywsut ar led fod Mrs. Prys wedi 'i mwrdro gan Crutch. Ond mae'n ymddangos nad oedd neb yn rhoi fawr o goel ar stori Therese, neu efallai nad oedden nhw ddim wedi hanner 'i deall. Ond eto, mae'n amlwg oddi wrth y peth ddwedodd Mr. Edwards, y Llew Coch, fod rhywrai'n ofni bod Crutch wedi mwrdro 'y mam."

"Mae'r stori yna y peth mwya uffernol a glywais i erioed," ebr Morgan; ond aeth Bonnard ymlaen fel petai heb ei glywed:

"Mi aeth Marie at y tŷ, ond mi fethodd fynd i mewn; yr oedd y lle wedi i gloi a'i adael. Dychwelodd wedyn i Ffrainc, gan wan ddisgwyl gweld Therese, a mi ddoth o hyd iddi yno yn chwilio amdanom ni. Roedd 'i meistres wedi ymddiried llythyr iddi i'w roddi i Marie. Wrth 'i ddarllen, a gwrando stori Therese, mi argyhoeddwyd Marie o be fu tynged 'y mam. Roedd hi wedi 'i charcharu am fwy nag wythnos yn un o'r stafelloedd; ar ôl hynny, un noson, yn nhrymder y nos, mi glywodd Therese sgrech ofnadwy gwraig—sgrech calon yn torri, a bywyd yn marw. Wedyn, chlywodd hi ddim sŵn yn y byd. Yn 'i dychryn, mi ddihangodd Therese o'r tŷ, a mi ymguddiodd yn y coed trwy gydol y dydd drannoeth. Roedd hi'n deud 'i bod hi wedyn wedi mynd yn ôl i'r tŷ i geisio'i harian, ac wedi 'i cael nhw, iddi ddianc i'r pentre nesa i drio deud yr hanes, ond na fedrai hi gael neb yno i'w deall hi. Ac yn 'i dychryn, welai hi ddim y medrai hi wneud dim byd ond dychwelyd i Ffrainc. A felly y bu. Roedd 'mam wedi sgrifennu llythyr at Marie yn union o flaen 'i charcharu. Yn hwnnw roedd hi'n deud 'i bod hi'n rhagweld 'i diwedd; roedd hi'n gorchymyn i Marie gelu oddi wrtha i y gwir am 'i thynged, a f'enw gwirioneddol, nes imi gyrraedd chwech ar hugain oed; ond os gwelai hi 'i bod hi mewn peryg o farw, mi allai ddeud wrtha i cyn hynny. Châi llaw neb ddial 'i cham, meddai 'mam, ond llaw 'i mab 'i hun; a doedd hi ddim am i hynny ddifwyno gwanwyn 'i ieuenctid; roedd arni eisio iddo gael bore oes dedwydd a digwmwl. Yn awr, rydech chi'n deall pam y mynnwn i ymweld â Phlas y Nos.

Mae gen i neges ddeublyg—chwilio am fedd 'y mam, a dial ar 'i llofrudd hi."

Cerddodd Bonnard yn araf yn ôl a blaen ar hyd yr ystafell, i adael amser i'w gyfaill adennill ei hunan-lywodraeth. O'r diwedd, safodd o flaen Morgan, fel y codai hwnnw ei wyneb gwelw ato, a meddai'n dawel:

"Fuasech chi'n ystyried saethu Ryder Crutch yn llofruddiaeth?"

"Na fuaswn," atebodd Morgan yn y fan, fel petai'n setlo'r cwestiwn. "Cyfiawnder ydi o. Ond, Ivor, be am ych peryg chi? Fedra i ddim peidio â gweld y buasai cyfraith y wlad yma'n ystyried y weithred yn llofruddiaeth."

"Gwnaed y gyfraith 'i heitha," ebr Bonnard, yn benderfynol. "Feder hi mo f'ysbeilio i o 'nialedd. Mae'r dyn yna—Ryder Crutch—yn byw ym Mhlas y Nos hefo'i ferch."

"'I ferch? Be ydech chi'n 'i feddwl, Ivor?" Edrychodd Morgan fel pe bai'n hanner amau difrifwch ei gyfaill; ond digon oedd un olwg ar wyneb difrif Bonnard i'w argyhoeddi fod cellwair ymhell iawn oddi wrtho.

"Rydech chi'n meddwl mod i'n drysu; o'r gorau, mi gewch glywed y cwbl."

Eisteddodd ar y sedd wrth y ffenestr wrth ochr ei gyfaill, a thraethodd wrtho hanes Llio; y modd y daethai ato, a haeru ei fod wedi ei anfon i'w gwaredu a'i hamddiffyn, a'r breuddwyd rhyfedd a gawsai amdano; hefyd, y geiriau rhyfedd a glywsai ganddi—y geiriau a'i harweiniai i feddwl y gwyddai hi ddirgelwch bedd ei fam. A naturiol iawn i Morgan oedd synnu yn aruthr wrth y fath bethau.

"Ivor," meddai, "be all fod diwedd yr holl bethau hyn?"

"Wn i ddim; fedra i ddim gweld diwedd i'r hanes. Rhaid imi ymbalfalu ymlaen gorau y galla i yn y twllwch. Ond mi wela i o leia be nesa ddylwn i wneud—aros ym Mhlas y Nos i wylio Ryder Crutch, a gwarchod ac amddiffyn Llio, druan."

"Wnewch chi ddim, er 'i mwyn hi, arbed Ryder Crutch?"

Trodd Bonnard yn chwyrn ar ei gyfaill, a thân yn fflachio yn ei lygaid, a chilwg ffyrnig yn duo ei wyneb tenau:

"Na! Ymddiriedaeth 'y mam ydi'r dialedd yma; a gwaed 'i chalon hi sy wedi 'i gysegru. I gyflawni 'i harch, mi rwygwn i 'nghalon o 'mron gerfydd 'i gwraidd, pe bai eisiau. Ond fe ddaw llewych ar y llwybyr wrth fynd ymlaen, Gwynn; fedra i ddim aberthu Llio."

Bu ennyd o ddistawrwydd—Gwynn Morgan yn eistedd yn llonydd, ac Ivor Bonnard yn cerdded yn ôl a blaen ar hyd yr ystafell. Cyn hir, dywedodd Morgan:

"Rydech chi wedi penderfynu mynd i Blas y Nos?"

"Ydw."

"A felly, ar hyn o bryd, mi arhosa i yma. Efallai y bydd yn dda ichi wrtha i. Sut bynnag, fedra i ddim meddwl am fod ymhell oddi wrthoch chi."

"Wir, rydech chi'n rhy garedig, Gwynn. Ond fedra i ddim meddwl am adael ichi fod yn gyfrannog yn 'y ngweithredoedd peryglus i. Dyna pam y cedwais i bopeth oddi wrthoch chi ar y cychwyn. Ond wrth imi ych gadael chi fel hyn yn gyfan gwbwl, rydw i'n teimlo y dylech chi gael gwybod lle rydw i, a pham rydw i yno."

"Diolch ichi, Ivor, am 'y nhrystio i. Ond os galla i fod o ryw help ichi, gadwch imi, er mwyn popeth, wneud hynny.

'Mi wna i, Gwynn; rydw i'n addo hynny—cyn belled ag y mae hynny'n bosib heb ych gosod chi yng ngafael y gyfraith o f'achos i. Ar y pen yna, fedrwch chi mo 'nhroi i. Mi gymera i 'y nhynged yn fy llaw, a chaiff neb syrthio yn 'y nghwymp i."

Adwaenai Gwynn Morgan ei gyfaill yn ddigon da i wybod bod ei benderfyniad mor ddi-sigl â Chadair Idris; am hynny, fe dawodd. Ond dyfal obeithiai y digwyddai rhywbeth a'i gwnâi'n amhosibl i Bonnard dywallt gwaed, nid am y dymunai arbed y llofrudd, ond am fod ei bryder ynghylch diogelwch a dedwyddwch ei gyfaill yn fawr.

"Mae'n ymddangos i mi," eb ef, "fod rhyw fath o wallgofrwydd ar yr adyn Crutch yna. Heb hynny, sut y medrai o fyw ar y llecyn lle cyflawnodd o'r llofruddiaeth—a mewn mangre fuasai'n gyrru rhyw ddyn cyffredin yn wallgo' mewn wythnos?

"Am 'y mod i'n ofni hynny," atebodd Bonnard, "yr ydw i'n teimlo mor anfodlon gadael Llio ar 'i phen 'i hun hefo fo. Y tebyg ydi 'i bod hi mewn peryg bob awr, achos choelia i ddim am foment y buasai'r anfad-ddyn yn petruso cymryd 'i bywyd hithau petasai fo'n meddwl 'i bod hi'n sefyll rhyngddo a diogelwch. Rydech chi'n ymddiried yno i, on'd ydech chi, Gwynn?

"Yn ymddiried ynoch chi? Ar gwestiwn anrhydedd, Ivor, rydw i'n ymddiried ynoch chi i'r pen draw. Nid peryg ych anrhydedd chi sy'n 'y mhoeni i, ond ych dedwyddwch."

Daeth ychydig wrid i wyneb llwyd Bonnard, a gloywodd golau tyner yn ei lygaid.

"Mae hynny yn y glorian eisoes, Gwynn, er gwell neu er gwaeth, os arbedir hi. Ond O! pan ddychwel i rheswm, a hithau yn 'y ngharu i wedyn, a'm llaw innau wedi agor agendor waedlyd rhyngom ni a'n gilydd—ond feiddia i ddim meddwl am y fath beth. Rhaid bod rhyw ffordd o'r tywyllwch. Wedi 'i nabod hi, fedra i mo'i rhoi hi i fyny heb ymdrech ofnadwy; a mae arna i ofn y bydda 'ngadael innau'n sicr o'i lladd hithau. Mae hi'n fyw o deimlad, ac yn 'y ngharu i â'i holl galon. Welais i erioed ferch o natur mor swynol â hi; a rhaid imi, os galla i, wneud 'i bywyd hi'n ddedwydd."

Cyn hir wedi'r ymddiddan uchod, ymadawodd Bonnard am y pentref cyfagos i brynu ychydig bethau y byddai raid iddo wrthynt, am ei fod yn bwriadu aros beth amser ym Mhlas y Nos. Ac nid oedd amser i'w golli i bwrcasu'r pethau cyn y nos, er mwyn cael popeth yn barod i gychwyn ar y daith, cyn gynted ag y disgynnai'r nos dros y mynyddoedd.

Parhaodd Gwynn Morgan yn eistedd wrth y ffenestr, llawn oedd ei fyfyrdod o bosibilrwydd y dyfodol. Gwelai safle dywyll ei gyfaill; galwai llef gwaed ei fam arno o'r ddaear i ddial ei hangau creulon drwy ladd tad y ferch a garai, y ferch yr oedd ei bywyd erbyn hyn yn rhan mor bwysig o'i fywyd yntau.

Pennod XI.
Y Llofrudd

Y noson honno, pan gyfarfu Ivor â Llio, tybiodd ei fod yn gweld cyfnewidiad er gwell ynddi. Ofnai, er hynny, ar y cyntaf, mai ei obaith hiraethlon oedd tad y syniad, ond, fel y parhâi i'w gwylio'n ofalus, gorfu arno gredu bod y cyfnewidiad yn ffaith. Ciliasai'r drem grwydrol, wyllt, ddychrynedig, bron yn gyfan gwbl o'i llygaid, ac yn ei hymddiddan nid oedd yn rhuthro oddi wrth un pwnc at un arall yn sydyn a direswm. Ar adegau hefyd, gwelai hi'n gwasgu ei hael â'i llaw fel pe bai'n ceisio cofio rhywbeth. A hwy'n difyr ymgomio, digwyddodd un peth a effeithiodd yn ddwfn ar Bonnard. Cyfeiriodd at Crutch fel "eich tad"; edrychodd arno mewn dryswch, ac ebr hi'n arafaidd:

"Does gen i'r un tad, na neb yn perthyn yn unlle."

"Na," ebr yntau, "dydech chi ddim yn unig; hefo pwy rydech chi'n byw?"

Crychodd hithau ei thalcen, a synfyfyriodd yn brudd.

"Rydw i'n byw hefo fo," ebr hi; a rhedodd ias o gryndod trosti.

"Ie," ebr Bonnard, "mae o'n byw yn y tŷ yma—Ryder Crutch, ych tad."

"Nid y fo ydi..." atebodd hithau'n sydyn, a chwanegodd yn araf ac aneglur, "dydw i ddim yn cofio."

Ceisiodd Bonnard ei chwestiyno ymhellach, ond y cwbl a wnâi oedd ysgwyd ei phen, a dweud â gwên drist, "Dydw i ddim yn cofio." O'r diwedd, dododd ei phen prydferth ar ei ben ef, a sisialodd yn addfwyn: "Peidiwch â holi chwaneg; mae pethau'n mynd ar draws 'i gilydd yn 'y mhen i; chi, Ivor, ydi'r cwbl sy arna i eisio."

Cofleidiodd yntau hi'n dyner, ac ni chwanegodd boeni mwy arni'r noson honno. Ond fe ddarganfu un peth, sef, yr ystafell lle'r arferai Ryder Crutch eistedd. Cysgai, yn ôl pob tebyg, mewn ystafell arall; ond dywedodd Llio y byddai'n aml ar ei draed hyd oriau mân y bore, ac y cysgai weithiau yn ei gadair yn yr ystafell honno.

"Fyddwch chi'n 'i weld o'n amal, Llio?"

"Na fydda i, wir; mae arna i gymaint o'i ofn o. Mi wyddoch pam."

Y noson honno, ymadawodd Bonnard â Llio'n gynharach nag arfer, gan adael iddi feddwl ei fod yn mynd o'r tŷ. Ond wedi gadael ei hystafell hi, tynnodd ei lusern allan, goleuodd hi, a chyfeiriodd ei gamre ar hyd y fynedfa i ran arall o'r tŷ. Disgrifiasai Llio'r ffordd iddo, a dilynodd yntau hi heb fethu. Nid oedd erchylltra'r lle yn ymddangos yn cael effaith yn y byd arno; ni ddychrynid ef gan ridwst y llygod mawr, na chan ddolef annaearol y dylluan. Llosgid ei galon gan deimladau croes i'w gilydd—cariad at Llio, a chas at lofrudd ei fam; swynol ofid hiraethlon serch, a ffyrnig ddyhead am ddialedd. Ond ni ddaethai'r awr i ddial eto; a rhaid iddo heno oedd atal ei law.

Cyrhaeddodd yr ystafell, ac aros. Caeedig oedd y drws, heb sŵn nac oddi mewn nac oddi allan. Cerddasai Bonnard mor ddistaw a mor ysgafn â chath. Edrychodd o'i gylch am le i ymguddio, pe deuai galw, a gwelodd yn sefyll wrth y mur lurig rhyfelwr o'r hen amserau gynt, digon mawr i guddio cawr o'i mewn. Ciliodd tu ôl iddi i wylio; a phenderfynodd aros yno'n ddistaw, mor amyneddgar ag yr erys y pwma am ei ysglyfaeth.

Aeth awr heibio, ond ni ddaeth neb o'r ystafell; aeth dwy a thair awr heibio, ond nid oedd trwst yn y lle. Meddyliodd Bonnard fod yn rhaid bod y wawr yn torri bellach, ond ni thorrai gwawr byth o fewn Plas y Nos, am fod caeadau ar yr holl ffenestri. Ust! Dyna drwst y tu arall i ddrws yr

ystafell—trwst camau eiddil, araf a thrwm. Curai calon
Bonnard yn gyflymach, a llithrodd ei law yn reddfol at ei
lawddryll. Dyna'r drws yn agor yn araf, a golau gwan
cannwyll yn llewychu drwyddo i'r fynedfa heibio i'r siwt
lurig a guddiai berson Bonnard. Tu ôl i'r golau deuai corff
y neb a'i cariai i'r golwg. Ai dyma Ryder Crutch? Hen
greadur cul, gwargam, a hagr, tebycach i ryw ddrychiolaeth
ddybryd nag i fod dynol. Ond, yn sicr ddigon, ar gig a
gwaed, ac nid ar gysgod disylwedd, y gorffwysai trem
ffyrnigwyllt Bonnard. Murmurai'r hen greadur wrtho'i hun,
fel y llusgai'r naill droed heibio i'r llall; cariai'r gannwyll yn
gam; a dangosai ei holl ystum, yn ogystal a'r llygaid a oedd
wedi hanner sefyll yn ei ben, fod diod gadarn wedi hanner
ei ddrysu. Dan ei dylanwad hi, anghofiodd y llofrudd, dros
amser, y gwaed a dywalltasai; a rhoes iddo fath o wroldeb
gau i wynebu dychryniadau cydwybod, a melltigaid
atgofion Plas y Nos. Cerddodd Crutch ymlaen yn araf
heibio i'r marchog arfog a safasai am flynyddoedd â
breichiau estynedig ar y pared. Tu ôl i'r marchog safai
Bonnard, a'i ddannedd wedi eu gwasgu'n dynion, a chilwg
fygythiol yn ei lygaid golau dieithr, dialgar, marwol, a barai
i'w wyneb ymddangos yn llwyd ac annaturiol. Dyma fel y
gorchfygai'r dymuniad i ruthro ar ei elyn, a gwasgu ohono
ei fywyd anfad.

    Dan hercian ymlaen, ciliodd yr hen ŵr yn fuan o'r golwg,
a gadawodd Bonnard ei ymguddfan yn ddistaw; aeth i
mewn i'r ystafell a adawsai Crutch, ac archwiliodd hi'n
ofalus. Nid oedd ynddi lawer o leoedd y gellid cuddio
pethau ynddynt, a thynnodd yr hen gwpwrdd ei sylw ar
unwaith.

    "Rhaid imi agor hwnna ryw noson," eb ef. Ond gwaith
anodd a pheryglus ydoedd, ac yn gofyn arfau i'r pwrpas cyn
y gellid ei wneud. Felly, gadawodd yr ystafell y noson
honno, a chiliodd yn ôl at ystafell Llio. Diau ei bod hi, fun

brydferth, ddiniwed, yn ei hystafell, a chwsg tawel fel cariad yn bwrw allan ofn o'i mynwes. Cerddodd Ivor, am hynny, yn ôl a blaen ar hyd y fynedfa ddigysur nes clywed cathl foreol yr adar yn y coed gerllaw, a gwybu wrth hynny dorri o'r wawr, a deffro o natur i lawenhau yn yr heulwen. Sylweddolodd hefyd nad oedd caddug du a phrudd Plas y Nos byth yn fwy diobaith nag ar doriad gwawr.

Pennod XII.
Cwmwl yn Clirio

Cyn bo hir iawn, clywai Bonnard sŵn troed Llio yn yr ystafell, a deallodd ei bod yn effro, ac wedi codi. Curodd yn ysgafn ar y drws. Am ennyd bu distawrwydd, ac yna, mewn llais isel, crynedig, hi a alwodd:

"Dowch i mewn."

Agorodd yntau'r drws, ac aeth i mewn. Gwelodd yr eneth wedi cilio i gongl eithaf yr ystafell, a golwg ddychrynedig arni, a'i llygaid mawrion yn llydain agored, ac yn llawn o ofn. Safodd felly am eiliad, ac yna, â gwaedd isel o lawenydd hanner gwallgof, neidiodd ymlaen ar draws yr ystafell ato, a chladdodd ei hwyneb ar ei fynwes.

"Rown i'n meddwl mai Ryder Crutch oedd yna," ebr hi. "Fydd o byth yn dŵad yma, ac rown i wedi dychryn yn arw. A felly, fe ddaethoch yn ôl?"

"Yma y bûm i drwy'r nos, Llio."

"Drwy'r nos!" ebr hi mewn syndod. "Lle buoch chi?"

"Mi fûm i y rhan fwya o'r amser tu ôl i'ch drws chi, 'nghariad i."

"O!" medd hi, yn ofidus ganddi ei anghysur ef, "a chawsoch chi ddim cysgu dim. Pam na fuasech chi'n dŵad i mewn i'r fan yma? Dyna'r gadair freichiau—mi allasech gysgu yn honna."

"Roedd arna i ofn ych deffro chi, Llio fach; ond hitiwch befo, yr oeddwn i'n agos atoch chi."

"Ond chawsoch chi ddim gorffwys."

"Doedd arna i ddim eisio cysgu, Llio; mi orffwysa i yma heno, os gwnewch chi adael imi."

"Heno! Wnewch chi aros yma, ynteu?" gofynnodd, gan ymwasgu ato.

"Rhaid imi aros yma nes medra i fynd â chi i fwrdd oddi yma. Fedra i mo'ch gadael chi eto o gwbwl. Rŵan, alla i ymddiried ynoch chi i gadw'r gyfrinach 'y mod i yma oddi wrth Ryder Crutch?"

"O, gwna', wir. Mi fedra i gadw *secrets*, Ivor; chaiff o byth wybod; petai o'n gwybod, mi'ch lladdai chi."

Trist iawn oedd ei llygaid wrth edrych arno yn awr. Ond cusanodd ei rudd yn dyner, ac yna arweiniodd ef i gadair freichiau, a gwnaeth iddo eistedd.

"Chawsoch chi ddim gorffwys," ebr hi'n dyner.

"Rhaid ichi gysgu rŵan, ond mi gewch frecwast gynta.".

"Ga i frecwast hefo chi?"

"Cewch, rydw i wrthi hi yn paratoi. O, mi fydd yn dda gen i gael gwneud brecwast i chi."

Ar hynny, goleuodd *spirit-stove*, berwodd ddwfr, a gwnaeth de. Cyrchodd Bonnard y pethau a bwrcasodd yntau cyn cychwyn, a rhyngddynt cawsant eithaf borebryd.

"Mi fydd o'n mynd allan i rywle, ac yn dŵad â bwyd i mewn," ebr hi; "wn i ddim i ble bydd o'n mynd, ond mi wn y bydd yn mynd ffordd bell iawn."

"Fyddwch chi'n cael digon o fwyd, Llio?"

"O, bydda, rydw i'n bwyta mor ychydig, fydd dim eisio llawer o fwyd. Gwelwch! Mi ges y rhain mewn hen gwpwrdd mewn selar," a daliodd yn ei llaw ddwy gwpan China hynafol ac anghyffredin eu patrwm—un wedi amharu ychydig arni. "On' tydyn nhw'n dlws?"

"Mi fuasai llawer o bobol yn rhoi arian mawr am y cwpanau yma, Llio."

"Wnaen nhw? Dydw i ddim yn gwybod dim byd am arian, wyddoch."

'Ga' i ych helpu chi, Llio fach?"

"O, na chewch. Mae hi mor neis cael gwneud pethau i chi."

Gwyddai Bonnard mai teimlad calon onest merch oedd swn y geiriau hyn—calon a oedd yn llefaru ei theimlad heb nac ofn na llyffethair o fath yn y byd. Curai ei galon yn gynt wrth wrando arnynt.

"Rhaid imi beidio â gwarafun i chi'r pleser yna," murmurodd. Edrychodd ar ei hwyneb pur, a symudodd at ei hochr; yn dyner ac yn barchedig iawn, gwasgodd hi ato.

Am eiliad neu ddwy, edrychodd hi yn syth i'w lygaid; yna llanwyd ei llygaid â gwylder, a throdd hwy draw oddi wrtho; cododd gwrid cryf i'w gruddiau, ac ar ei gwddf. Crynai ei llaw yn ei law ef, a cheisiodd ei thynnu ymaith. Ni cheisiodd yntau ei rhwystro, oblegid gwelai fod y reddf fenywaidd wedi ei chynhyrfu o'i mewn, a churodd ei galon yn gynt gan obaith y gallai hyn oleuo ei chof a'i deall. Rhyddhaodd hi; symudodd hithau ar unwaith at y bwrdd. Am rai munudau, bu'n ddistaw heb gymaint ag edrych arno. Fesul ychydig, ciliodd y dylanwad, a daeth ei diniweidrwydd plentynnaidd yn ôl. Eisteddodd y ddau wrth y bwrdd, a bwytasant eu bara ac yfed y te. Ac erbyn hyn, edrychai Llio mor ddedwydd ag aderyn; er hynny, arhosai rhyw gymaint o'r gwylder benywaidd heb lwyr ddiflannu. A aned merch erioed yn hollol analluog i sugno pleser iddi ei hun wrth helpu dyn? A aned dyn na fynnai yn ei galon gael ei fwytho ganddi?

Gwedi borebryd, dywedodd Llio yn ei dull denol ei hun:

"Rŵan, mi wnewch drio cysgu. Rydech chi wedi blino."

Gwenai yntau wrth ei chlywed yn siarad felly ag ef, fel petai ef yn blentyn ac arno angen ei thynerwch na ŵyr ond serch amdano. Beth ond tynerwch serch a fedrai liniaru'r fflam angerddol a chreulon yn ei galon?

"Mi wna' i unrhyw beth i'ch plesio chi, 'ngeneth bach i. Ond be ydych chi am wneud?"

"O, mae gen i lyfr i'w ddarllen. Rydw i wedi gweld llawer o hen lyfrau rhyfedd yn y tŷ yma, a mi fyddai'n cael pleser dros ben wrth 'i darllen nhw. Mi eistedda i i ddarllen; ac felly mi gewch lonydd i gysgu."

"Rhaid i chi eistedd wrth f'ymyl i, ynteu; mae digon o le i ddau neu dri ar y gadair fawr yma.'

Math o sedd â breichiau iddi, neu ryw fath o beth rhwng cadair freichiau a soffa, oedd y dodrefnyn yr eisteddai Bonnard arno; un cysurus iawn i gornel wrth y tân.

"'Dall paradwys ddim curo hyn!" eb ef.

"Ond rhaid i chi gysgu," ebr hithau, dan wenu.

"Mi dria i, os dyna orchymyn yr orsedd."

"Wel, caewch ych llygaid, ynteu."

Gwnaeth yntau hynny, ond nid arhosai'r llygaid ynghaead yn hir. Rhaid oedd iddynt gael ymsefydlu ar wyneb tlws Llio. Cyn hir, canfu hithau hynny, ac ebr hi mewn tôn geryddol:

"Sut y medra i wneud ichi fod yn ufudd?"

"Fel hyn," atebodd yntau, a thynnodd ei ben i orffwys ar ei ysgwydd; ac yr ydoedd yn flin mewn gwirionedd, a buan iawn y syrthiodd trymgwsg arno.

Llio, hithau, yn ofni symud rhag ei ddeffro, a syrthiodd i gwsg ei hunan. Profiad hollol newydd i Bonnard ydoedd hwn; ni wyddai ef o'r blaen fod bywyd yn cynnwys dim mor gysegredig a diniwed. Tynerach a dedwyddach oedd ei gwsg am fod Llio agosed ato. Y mae i bob ysbryd fath o awyrgylch o'r eiddo'i hunan, ac y mae dyfod i awyr ambell fywyd yn lleddfu poen, ac yn lliniaru aflonyddwch calon.

Rhaid bod yr haul wedi teithio mwy na hanner y ffordd i orwel y gorllewin cyn i'r un o'r ddau ddeffro. Bonnard a ddeffrôdd yn gyntaf; a'r peth cyntaf y disgynnodd ei olygon arno oedd wyneb tlws Llio ynghwsg o'i flaen; ei hamrantau fel llenni llaesion dros harddwch ei llygaid, ei gwefusau lluniaidd yn hanner agored, a thaweldoedd fel mai o'r braidd y gwelai ei hanadl yn chwyddo'i mynwes. Mor ddwyfol brydferth a chysegredig i lygad y neb a'i câr yw wyneb merch ynghwsg. Addolgar oedd teimlad Bonnard wrth syllu ar Llio. A allai alltudio'r wyneb hwn oddi ar ei

fynwes? A gwthio'r diniweidrwydd gwyn a lanwai ei bywyd
allan o'i fywyd am byth? A allai yfed dedwyddwch i'w
waelodion, a tharo'r cwpan a'i cynhwysai yn deilchion oddi
ar ei wefus? Na, gwell fyddai marw nag ymwahanu bellach.
"Dialedd sydd eiddof i," medd nwyd; "eiddof innau yw Llio
eurwallt," ebr y galon. Na, meddyliai Bonnard, wedi codi
mor uchel i'r nefoedd, ni allaf ddyfod yn ôl eto i'r ddaear,
fy mywyd a'm bendith, ni'th adawaf byth.

Wrth iddo syllu, dylanwadodd arni, a pheri i'w chwsg
anesmwytho. Chwyddodd ei mynwes, a daeth ei hanadl yn
ôl yn hanner ochenaid. Agorodd ei llygaid, ac edrychodd
arno.

"Rown i'n breuddwydio," ebr hi, "am le a welais
unwaith, ond nid mewn breuddwyd. Ond dyna fo'n mynd
eto; ond hitiwch befo, mi gofia i eto ryw ddiwrnod."

Edrychai'n syn a dychrynedig, fel petai'r hunllef eto heb
lwyr adael ei hysbryd. Er hynny, nid oedd dim yn glir yn ei
meddwl, ac ni allai gofio'r peth a fynnai ddweud wrtho.

"Daw, fe ddaw'n ôl, 'y nghariad fach i. Llio, wrth sôn
am ych tad heddiw, roeddech chi'n i alw o'n Ryder Crutch?"

Daeth trem ddryslyd i'w llygaid.

"Does gen i'r un tad," ebr hi yn arafaidd.

"Dydech chi ddim yn cofio i chi ddeud mai'r dyn sy'n
byw yma—y dyn y mae arnoch chi gymaint o'i ofn o—
ydi'ch tad?"

"Ie, ie, 'nhad! O, nage, Ivor, rydw i wedi anghofio. Does
gen i'r un tad. Mae o wedi marw ers yn hir yn ôl, pan
oeddwn i'n eneth bach."

"Llio, ydech chi'n siŵr o hyn? Ellwch chi gofio ych enw
arall?"

Ysgwyd ei phen yn drist a wnaeth hi.

"Na," meddai, "ond nid Ryder Crutch ydi 'nhad i.
Roedd o'n dda ac yn ffeind, ac yn arfer 'y ngharió i yn 'i

freichiau pan oeddwn i'n eneth fach. O! Ivor, mi gofia i'r cwbl pan ddaw 'y ngho i'n ôl."

"Diolch i Dduw," ebr yntau, a'r dagrau yn ei lais. "Ond, o ran hynny, mi ddylaswn feddwl o'r dechrau na allai ellyll fel Ryder Crutch ddim bod yn dad i'r eneth hardd a thyner hon."

"Mae o'n ddrwg ofnadwy," ebr Llio, dan grynu, a gafael yn dynnach yn Bonnard. "Mae gwaed ar 'i gydwybod o. O! ydw, mi rydw i yn gwybod, a mi gofia i'r cwbl i gyd; ond dyna fi wedi anghofio popeth eto."

Cuddiodd ei hwyneb ar ei fynwes, a chrynai drosti; tawelodd yntau hi â'i ewyllys gryfach ei hun, a gadawodd i'w meddwl orffwys. Diau na allai toriad gwawr ar ei hysbryd oedi lawer yn hwy.

Pennod XIII.
Stori Llio

O ddydd i ddydd gwelai Ivor y niwl yn cilio oddi ar feddwl Llio, a goleuni tyner, gwylaidd deall yn gloywi ei llygaid. Sylwodd ei bod yn araf yn dyfod yn ymwybodol o'i gariad tuag ati, ac yn llai plentynnaidd yn ei ffordd o'i gyfarfod. Weithiau, ac ef yn craffu arni, gwridai'n goch, a chrynai pan gusanai ei grudd. Nid annhebyg y buasai meddygon yn methu ei hedfryd; eto, fe lwyddai cariad.

Ceisiodd ddwywaith neu dair arwain ei meddwl at achos ei gwallgofrwydd; ond âi'n fwy dryslyd a dychrynedig wrth iddo wneud hynny; siaradai'n ddi-bwynt, agorai ei llygaid yn llydain; a diweddai bob amser drwy ddweud y cofiai pan ddeuai ei synnwyr yn ôl. Barnodd yntau mai doeth oedd gadael i amser gymryd ei gwrs; ac ymgysurodd yn y meddwl na allai'r goleuni bellach fod ymhell, ac y câi wybod y gwir ar fyr o dro. Teimlodd y dylai weld Morgan, pe na bai ond am awr neu ddwy. Felly, un noson, tua naw o'r gloch, dywedodd wrth Llio fod yn rhaid iddo ei gadael dros ysbaid, ac y dychwelai nos drannoeth. Eisteddai hi ar y pryd wrth ei draed, â llyfr ar ei glin.

"O'r gorau, Ivor," ebr hi, heb godi ei phen.

"Mae'n gas iawn gen i feddwl am ych gadael, Llio," meddai Bonnard yn ddifrifol. "Tybed y byddwch chi'n ddiogel?"

"O, byddaf," atebodd Llio, "yn hollol ddiogel. Fydda i byth bron yn gweld Ryder Crutch; a phetaswn i'n 'i weld o, mi gymera i arna mod i fel rown i o'r blaen. Ond rydw i'n wahanol rŵan, on'tydw i, Ivor?

"Ydech, diolch i'r nefoedd, Llio fach. Gwelwch."

Ond ciliodd hi ychydig oddi wrtho, a dodi ei hwyneb ar ei liniau; ceisiodd yntau yn dyner godi ei phen.

"Peidiwch, Ivor," ebr hithau'n isel a gwylaidd, dan gilio ychydig oddi wrtho; "peidiwch, *please*."

"Maddeuwch, f'anwylyd," eb ef. Cododd ar ei draed, a throdd ymaith. Milwaith dedwyddach ganddo ei gweld yn cilio oddi wrtho, nag acenion tyneraf serch gwallgof. Gwell na'i chusanau cariadlon oedd gweld rheswm yn dychwelyd, ac urddas merch yn adfeddiannu gorsedd ei henaid.

"Rhaid imi ych gadael chi rŵan, Llio," eb ef yn dyner. "Nos dawch."

Cododd hithau'n araf, a'r gwrid yn mantellu ei grudd, a'i llygaid gloywon tua'r llawr. Dododd ei fraich amdani; ni omeddai hithau hynny; ond gwridodd yn goch pan gusanodd ei thalcen.

"Nos dawch, f'anwylyd," eb ef yn ddistaw.

"Nos dawch," sibrydodd hithau, ond heb ei gusanu na'i gofleidio. Daliodd hi am foment yn ei freichiau; yna aeth allan i'r nos, a'i wyneb tua Hafod Unnos. Du ac unig ac oer oedd y daith heb Llio. Rhaid oedd ei chael wrth ei ochr o hyn allan, onid e, ni byddai bywyd yn werth ei fyw. Ar ei daith unig rhedai llinellau Dafydd ap Gwilym drwy ei feddwl dro ar ôl tro, a dechreuodd eu hadrodd drosodd a throsodd wrtho'i hun:

> Gyda Gwen rwy'n ddibennyd,
> Gwna hon fi'n galon i gyd,
> A'm cân yn rhedeg i'm cof
> Yn winaidd awen ynof.

Tybed fod Dafydd ap Gwilym erioed wedi teimlo serch mor angerddol ag ef? Druan o Ddafydd, â'i liaws gariadon! Ei Ddyddgu lygad-ddu a'i Forfudd wallt aur, beth fu eu diwedd oll? Tybed iddynt fodoli mewn cnawd? Tebycach

mai creadigaethau crebwyll Dafydd oeddynt. Ni chanodd
neb erioed a ŵyr beth yw caru gân serch; gŵyr mai
ynfydrwydd yw chwilio am eiriau i lefaru'r peth dwyfolaf
yn holl natur dyn. Y gŵr sydd wedi breuddwydio am serch,
a heb ei wir brofi, sy'n canu cerddi serch; callach a doethach
na hynny yw'r neb a'i profodd. Ond Llio, Llio:

> Llio eurwallt, lliw arian,
> Llewych mellt ar y lluwch mân.

Ardderchog, hefyd, yr hen Ddafydd Nanmor! A bardd
yn y cymydau hyn oeddit ti. Tybed fod dy Lio eurwallt di
hanner mor swynol a hardd â'm Llio i? Pa un bynnag am
hynny, os oeddit yn ei charu, ti gredet ei bod.

Dyma'r pethau a redai yn ei feddwl fel y troediai'r ffordd
unig yn y nos i gyfeiriad y bwthyn lle'r arhosai Morgan.
Llawen iawn fu gan hwnnw ei weld, a chroeso mawr iddo'n
ôl. Gwrandawodd hefyd yn ofalus iawn ar ei newyddion.

"Hen feddyg diguro ydyw cariad," ebr y peintiwr.

"Mae hi'n dechrau teimlo cywilydd genethaidd am iddi
yn ei gorffwylltra ei bwrw ei hun i'ch breichiau. Gadwch
imi fynd yn ôl hefo chi nos yfory, Ivor."

"Gwell gen i ichi beidio, Gwynn," atebodd yntau.
"Dichon y bydd gwaith i'w gyflawni y byddai'n well imi i
wneud o ar 'y mhen fy hun," a chrynai ei wefus denau, welw.

Rhedodd ias oer dros Morgan. "Gobeithio y cedwir chi
rhag hynny," eb ef.

Gyda bod y nos wedi cuddio'r wlad drannoeth,
cychwynnodd Bonnard am Blas y Nos. Dynesodd at y tŷ
gyda'i ofal arferol, a'i lawddryll parod yn ei law. Wrth
agosáu at y gongl lle'r oedd drws y cefn, safodd yn sydyn:
gwelsai gwhwfan gwisg benyw. Llamodd ei galon gan
deimlad o arswyd rhyfedd, hanner ofergoelus, ond
cadwodd ei lygaid ar y pwynt lle gwelsai'r wisg yn ysgwyd.

Ai gwir fod ysbryd ei fam yn cyniwair yn y lle? A oedd ar fedr gweld? Cymerodd gam ymlaen—deuai rhywbeth gwyn, tal, eiddil, â gwallt llaes yn troelli o'i gylch, i'w gyfarfod. Safodd yn sydyn, a nofiai ar yr awel i'w glyw ei enw ef ei hun mewn sibrwd:

"Ivor."

"Fy Llio anwylaf."

Gwasgodd ei freichiau amdani; a churai ei chalon hithau'n gyflym yn erbyn yr eiddo ef. Am funud glynodd yn serchus wrtho, ond y nesaf ceisiodd ymryddhau.

"O, peidiwch," hi erfyniai; "gollyngwch fi."

Parodd y boen yn ei llais iddo ei gollwng ar amrantiad.

"Ond, Llio fach, be sy wedi dŵad â chi allan i'r fan yma? Oes rhyw beryg?"

Fel yr edrychai hi arno, gwelodd Ivor fath o ddychryn dieithr yn ei llygaid na welsai mohono o'r blaen; ac ymadawsai'r hen olwg syn, ddryslyd, ymaith yn llwyr. Gorffwysai cysgod rhyw wybodaeth ddofn, dywyll, ar ei hwynepryd. Fel y sylwai ar hyn, cynyddai cynnwrf ei fron; cymerodd ei llaw, a daliodd hi'n dynn, nes teimlo ohono'n ddigon gwrol i siarad.

"Roedd arna i eisio'ch gweld chi," murmurodd yn gynhyrfus; "rydw i'n cofio'r cyfan yrŵan."

"Clod i ras y nef," ebr yntau. "Diolch i Dduw am hyn. Peidiwch ag ofni, na chilio oddi wrtha i, Llio. Fedra i ddim deud mor ddedwydd ydw i o wybod ych bod chi wedi dŵad atoch ych hun. Dowch i'r golau, imi weld ych wyneb chi fel y dymunais i filoedd o weithiau 'i weld o."

Carasai ef ei thywys; ond yn wylaidd ymryddhaodd oddi wrtho, a cherddodd o'i flaen tua'r drws. Aethant trwyddo, a'u cael eu hunain mewn math o fynedfa dywyll bygddu. Bolltiodd Llio'r drws o'u hôl.

"Canlynwch fi'n ofalus," ebr hi, "a pheidiwch â dangos math yn y byd o oleuni, na gwneud trwst."

Canlynodd hi drwy fynedfeydd, i fyny grisiau, ac i lawr grisiau, drwy ystafelloedd eang, ar hyd galeri, nes iddi o'r diwedd sefyll i agor drws ei hystafell ei hun. Safai'r lamp ar y bwrdd, a dangosodd ei goleuni wyneb hardd Llio, yn gan harddach nag erioed yn awr, a'r enaid digwmwl yn syllu o'r llygaid duon. Ond gwrido a wnâi hi, cochai ei gruddiau a'i gwddf fel y trôi at Ivor Bonnard; a chiliodd yn ôl wrth ei weld yn estyn ei freichiau i'w chofleidio.

"Na," ebr hi, yn chwai, "gwrandewch be sy gen i i'w ddeud. Mae o'n llosgi yn 'y nghalon i, ac yn 'y ngyrru i'n wallgo, a da y dichon hynny. Mi wela i'r cwbl yn glir yrŵan; ond mae arna i ofn y gallwn i 'i anghofio fo eto; achos mi fu'n fy arteithio i drwy'r nos neithiwr, a heddiw. Mi ddoth y cyfan yn ôl yn sydyn fel gweledigaeth wedi i chi 'y ngadael i."

Plethodd Bonnard ei freichiau i wrando, ac eb ef yn dawel:

"Wel, dywedwch y cyfan wyddoch chi wrtha i, Llio; dywedwch pwy ydech chi, sut y daethoch chi yma—popeth wyddoch."

Gwasgodd yr eneth ei dwylo ynghyd, a phetrusodd.

"Peidiwch â bod ofn siarad," chwanegodd Ivor yn ei ffordd dawel, radlon ei hun. "Fedr neb mo'ch niweidio chi. Dywedwch y cwbl, Llio fach, heb gelu dim."

Cododd ei llaw, a gwthiodd gudynnau ei gwallt o'i llygaid, ac oddi ar ei thalcen twym; ac er yr ymddangosai'n dawel, eto hawdd oedd gweld ing yn llinellau prydferth ei hwyneb.

"Dydi Ryder Crutch ddim yn perthyn imi o gwbwl. Wynn ydi fy enw i. Mi apwyntiodd 'y nhad Crutch yn warcheidwad imi yn 'i 'wyllys, a mi ddylaswn i fod wedi etifeddu peth arian, ond mae o wedi cadw'r rheini oddi wrtha i. Mi fuom yn crwydro oddi amgylch o le i le; roedd rhyw anesmwythdra rhyfedd ar Mr. Crutch; fedra fo byth fod yn llonydd yn unlle. Rydw i'n gwybod pam yrŵan," a chrynai Llio gan arswyd wrth feddwl am y peth. "O'r diwedd, tua blwyddyn yn ôl, mi ddoth â mi yma. Y nefoedd yn unig a ŵyr faint a ddioddefais i yn y lle ofnadwy yma. Roeddwn i bron o 'ngho cyn gwybod bod Ryder Crutch yn llofrudd..."

Gwasgai Ivor ei ddannedd ynghyd, a thynhâi ei wefusau; âi ei wyneb hefyd yn welwach fel y gwrandawai'r hanes.

"Un noson," chwanegodd hi, "tua hanner nos, mi glywais sŵn troed tu allan i 'nrws i. Wn i ddim sut y cefais i wroldeb i'w agor, ond mi wnes; a phan edrychais i allan, mi welwn Crutch yn ymlwybro drwy'r fynedfa, â llusern yn i law. Wn i ddim be cymhellodd fi i'w ganlyn o, achos yr oedd dirfawr ofn arna i, ond hefyd roedd rhywbeth yn 'y ngyrru i ar i ôl o. Mi gerddais yn ysgafn tu ôl iddo, er 'y mod i'n crynu gan ofn. Mi aeth yn 'i flaen drwy'r fynedfa, ac ar hyd llawer o ffyrdd troellog, nes cyrraedd ochor arall y tŷ; yna tynnodd agoriad o'i fynwes, datododd y llinyn oddi arno, a mi agorodd ddrws ystafell eang. Ystafell ddiddodrefn oedd hi, ac yr oedd y ffenestri'n uchel, ac wedi 'i cuddio'n ofalus. Roeddwn i'n 'i wylio fo o'r drws. Mi dynnodd gyllell fawr o'i logell, ac wedi pen-linio, mi gododd ddwy ystyllen hir yng nghanol yr ystafell. O! Ivor!"

"Ewch ymlaen," eb Ivor, a'i eiriau cras yn ei dagu. "Ewch ymlaen."

Rhedai iasau arswyd trosti hithau, a chrynai fel deilen; lwyted oedd ei hwyneb ag wyneb corff, a dychryn yn llenwi ei llygaid mawrion, fel y chwanegai:

"Plygodd Crutch dros y twll, a mi clywais i o'n murmur rhwng 'i ddannedd, 'Mi'ch lleddais chi, do, â'm llaw fy hun; mi'ch cerais yn angerddol, ac am hynny mi'ch llofruddiais chi.' Mi anghofiais i bob peryg i mi fy hun. Mi ruthrais ymlaen yn sydyn at i ochor o, a mi edrychais i lawr. Be oedd yno ond bedd. O! Ivor!" Cuddiodd Llio ei hwyneb, a phlygu mewn arswyd tua'r llawr. "Y peth welais i yng ngwaelod y bedd oedd *skeleton*—esgyrn dynol, heb fymryn o gnawd arnyn nhw."

Disgynnodd yr eneth ar ei gliniau ar lawr, a pharai'r atgof am y foment ofnadwy honno iddi ysgwyd fel cangen wan dan bwysau awel Hydref. Sefyll a wnâi Ivor yn llonydd, wedi ei droi'n sydyn yn ddelw garreg. Am ysbaid byr bu distawrwydd; yna ysgubodd teimlad llethol dros Ivor Bonnard, gan ei ysgwyd a'i orchfygu. Disgynnodd yntau ar ei liniau, a phlygodd ei ben tua'r llawr, a'i ddwylo'n cuddio'i wyneb. Rhuthrodd ei lais llwythog allan, fel petai'n dyfod o ddyfnder ei galon.

"O, mam, mam, mam," eb ef.

Cododd Llio ar ei thraed, ac yn ei syndod uwchben ei eiriau gwasgodd freichiau'r gadair gerllaw. Ceisiodd siarad, ond gwrthodai ei thafod barablu. Ni allai namyn edrych arno, a syndod a chydymdeimlad a chariad yn gymysg yn llenwi ei llygaid â thynerwch anhraethadwy.

Griddfanai yntau gan ing ei enaid; ac ymddangosai fel petai wedi anghofio popeth amdani. Gwynion fel eiddo'r marw oedd ei wefusau, a'i lygaid fel petaent wedi suddo'n ddwfn i'w ben, ond er hynny'n fflamio'n danbaid.

"Ivor," murmurai Llio yn dyner, fel y medr merch serchog furmur, "deudwch wrtha i, ai hon oedd ych mam?

Trodd yntau ei wyneb gwelw ati, a chododd ar ei draed.

"Mab Georgette Prys ydw i," eb ef yn floesg. "Mi ddois drosodd i Brydain i ddial 'i gwaed hi. Mi ddois i'r tŷ yma i weld 'i bedd hi. Llio, dangoswch o imi."

Glynai'r geiriau y ceisiai'r eneth eu llefaru yn ei gwddf, ac ni allai namyn syllu arno, a holl gariad ei chalon tuag ato, a'i chydymdeimlad â'i ing chwerw, yn ei llygaid. Dododd ei dwylo yn ei ddwylo ef, ac yn chwerwder y foment anghofiodd y pethau a barasai iddi gilio oddi wrtho.

Gwasgodd yntau ei bysedd meinion, telaid, yn ei eiddo ei hun, ac ymgrymodd a chusanodd hwy'n barchus.

"Arweiniwch fi at 'i bedd hi, Llio," eb ef eilwaith.

"Fedra i ddim, Ivor; ganddo fo mae agoriad yr ystafell, a mae'r drws yn gry, allech chi mo'i wthio fo i mewn."

"Mi fynna i yr agoriad hwnnw," eb Ivor, "ond mi fynna i 'i fywyd o yn gynta."

Ciliodd yr eneth mewn arswyd.

"Wyddoch chi be wnaeth Ryder Crutch, Llio? Mi feiddiodd ofyn i 'mam 'i briodi o, yn union wedi marw 'y nhad. Am iddi wrthod, mi carcharodd hi yn yr ystafell yna; ac un diwrnod, mi llofruddiodd hi yno. Mi wna' i iddo f'arwain i i'r ystafell yna, ac agor y bedd; ac yna, wrth erchwyn bedd 'y mam mi saetha i o'n farw."

Dialedd dychrynllyd oedd hyn, ond ni ddywedodd Llio air yn ei erbyn. Edrychodd i wyneb tywyll, gwelw Ivor, ac yn ei chalon teimlai mai cyfiawn oedd.

Gafaelodd yntau unwaith yn rhagor yn ei dwylo, achusanodd hwy. Yna aeth allan o'r ystafell, a cherddodd i bresenoldeb llofrudd ei fam.

Pennod XIV.
Bedd ei Fam

Yn yr ystafell druenus, ddigysur, lle safai'r cwpwrdd mawr derw, hen ffasiwn, yn y gongl, yr eisteddai'r adyn a geisiai Ivor Bonnard. Yr oedd golwg eithaf erchyll arno; ar y bwrdd yr oedd amryw boteli gwirod, a hanner gwydraid o'i flaen. Amlwg oddi wrth un olwg arno oedd ei fod dan ddylanwad y gwirod; yr oedd ei lygaid llwydion, dilewych, wedi llonyddu yn ei ben, a'i gorff swrth wedi crymu nes edrych ohono fel tocyn aflerw o hen ddillad, â phen dynol hagr wedi ei osod arnynt. Yn ei syrthni meddw, ni chlybu sŵn troed Ivor yn dynesu at yr ystafell; y peth cyntaf i dynnu ei sylw oedd trwst y drws yn agor yn ddiseremoni a dirybudd. Cododd ei ben yn sydyn, a throdd at y drws; ac yno gwelodd Bonnard yn sefyll ar y trothwy.

Estynnodd Ryder Crutch ei ddwylo fel dwy grafanc allan; gafaelodd yn dynn yn y bwrdd, a chododd ar ei draed.

"Pwy ydech chi?" eb ef mewn llais cras, "a beth sy' arnoch 'i eisio?"

"Myfi yw mab Georgette Prys," atebodd yntau'n ffyrnig, y geiriau'n ymsaethu allan rhwng ei ddannedd; a chyda hynny, camodd i ganol yr ystafell.

Yn aml, gall ergyd sydyn, gorfforol neu feddyliol, wneud dyn meddw yn sobr mewn moment. Ac felly y bu gyda Ryder Crutch; fel y disgynnai geiriau Bonnard ar ei glust, geiriau o arwyddocâd ofnadwy iddo ef, chwalwyd niwloedd y breci oddi ar feddwl yr adyn annedwydd. Ciliodd yn ôl mewn dychryn, a disgynnodd i'r gadair y codasai ohoni, a llef wyllt ac arswydlawn yn dianc dros ei wefusau gleision.

"Arweiniwch fi at 'i bedd," ebr Bonnard, yn dawelach na chynt. "Ynfydrwydd ynoch fyddai ceisio dianc rhagof. Rydw i'n gwybod yr hanes i gyd. Adferwyd 'i chof i Llio Wynn, a mi ddwedodd yr holl wir hagr wrtha i. Peidiwch â

meiddio yngan gair; dowch hefo mi yn awr i'r ystafell lle
mae llwch fy mam yn gorwedd."

Ofnadwy oedd yr effaith a gaffai ei eiriau ar y llofrudd.
Fflachiai arswyd gwyllt yn ei lygaid; crynai ei ddwylo fel
crinddail Hydref, wrth geisio'n garbwl dynnu rhywbeth o'i
logell.

"Dyma'r agoriad," eb ef, gan ei estyn â bysedd crynedig.

"Yn awr, dangoswch y ffordd imi," eb Ivor. "Ewch
o 'mlaen i; a mi ddof innau ar ych ôl chi."

Breision ac aml oedd dafnau chwys ing ar dalcen Crutch;
curai ei liniau y naill wrth y llall pan geisiodd sefyll ar ei
draed i ufuddhau i orchymyn dialydd y gwaed. Cydiodd
mewn ffon gref, a chyda chymorth honno cychwynnodd
i'w daith olaf ar y ddaear. Ar ei ôl cerddai Ivor, y lamp yn
ei law chwith, a'i lawddryll llwythog yn ei law dde. Wedi
cerdded ymlaen ychydig drwy'r fynedfa, safodd yr adyn, a
throdd ei wyneb at Ivor:

"O, er mwyn Duw, arbedwch fi; rhowch 'y mywyd imi,"
dolefai yn druenus a llwfr.

"I ba ddiben? Pwy les ddeuai o hynny? Rydech chi'n
hollol anffit i fyw. Y tosturi a'r tynerwch ddaru chi ddangos
iddi hi, hynny a ddangosa innau, 'i phlentyn hi, i chithau."

"O Arglwydd, be wna' i?" griddfanai'r llwfryn dinerth.
Nid oes dim hafal i gydwybod euog am droi dynion yn
llyfrgwn; a'r gwannaf ei galon o bawb yn wyneb pethau
erchyll bywyd ydyw'r ymffrostiwr rhyfygus ac annuwiol.

Wedi ymlusgo drwy'r mynedfeydd nes dyfod i ochr arall
y tŷ, safodd Ryder Crutch wedi ei barlysu gan arswyd angau;
trodd bâr o lygaid wedi ymledu'n annaturiol tuag at Ivor, a
thremiai holl ddychryn a gwae anobaith ei enaid allan
ohonynt; ceisiodd godi ei law i bwyntio at ddrws o'i flaen;
ond yn yr act, griddfanodd ochenaid ingol, angheuol, a
syrthiodd yn drwm i'r llawr. Erbyn hyn, codasai rhyw fath
o dosturi tuag ato yn eu drueni yng nghalon Ivor, a

chymysgai ei dosturi â'i ddigllonedd eiddigus, fel na wyddai am eiliad pa beth i'w wneud. Ymgrymodd dros y swp aflerw ar y llawr; gwelai waed ar y gwefusau aflan a oedd bellach i fod yn fud am byth. "Ysbeiliodd angau fi o'm dialedd," eb ef, mewn sibrwd uwch ei ben.

Felly y bu farw Ryder Crutch, heb i'w waed euog ystaenio dwylo'r llanc a dyngasai y mynnai ei fywyd. Eto, ar un ystyr, ef a'i lladdodd, yn gymaint ac i'w ymweliad annisgwyliadwy brysuro ei angau. Rhedodd ias o gryndod trwy'r gorff marw, cododd hanner ochenaid lwythog am y tro olaf am byth o'i fron; ac yno y gorweddai Ryder Crutch yn farw, bron ar drothwy'r ystafell a droesai yn fedd i wrthrych ei gariad a'i eiddigedd creulon.

Edrychodd y dyn ieuanc ar y gweddillion difywyd, a rhoddodd yr olygfa gyweirnod mwy lleddfa sobr i'w ysbryd. Trodd oddi wrthynt, cododd yr agoriad a ddisgynasai o law'r llofrudd, agorodd y drws ar ei gyfer, a cherddodd yn araf a pharchus, a'i ben yn noeth, i'r ystafell. Dyma lannerch gysegredicaf y byd iddo ef—carchar ei fam yn ei bywyd. Clybuasai'r meini hyn ei hocheneidiau, a gwlychasid hwy â'i dagrau; buont yn dystion mudion pan drywanodd llaw greulon y llofrudd ei chalon doredig, a thros y llawr hwn y llifodd ei gwaed. Dyma fangre ei bedd tywyll ac unig.

A dwylo'n crynu gan deimlad, cododd y coed a guddiai ei gweddillion. Syrthiodd ar ei liniau wrth ochr y bedd, ac ail-gynheuai'r olygfa ofnadwy lidiowgrwydd digllawn ei galon. Ond yn fuan daeth teimlad arall ato. Teimlodd fod mwy na gweddillion ei fam yn yr ystafell; caeodd ei lygaid, ac wrth ei ystlys teimlodd bresenoldeb santaidd, gwyn, a glân yr un a arferai ei gofleidio a'i anwylo, ac ef eto'n faban. Cafodd ei fam gennad i fod yno wrth ei ochr, i dyneru caledwch ei ddicter, ac i lonyddu a thawelu cynnwrf y galon dymhestlog a gurai'n wyllt yn ei fynwes. Yn ei phresenoldeb hi, agorwyd ei lygaid i weld bod cynllun bywyd yn drefn, ac nid yn anhrefn, a bod y drefn yn unioni pob cam, yn cuddio'r llaid â gwyrddlesni, ac yn hulio hagrwch y pridd â lliwiau anghyffwrdd y blodau. Beth yn chwaneg a ddysgodd wrth fedd ei fam, ac yng ngolau ei phresenoldeb, nid oes neb a ŵyr ond y Goruchaf ac yntau. Cododd i ymadael yn ddyn newydd; ciliasai'r cysgodion duon oddi ar ei rudd, a golchasai ei ddagrau'r dicter erch o'i lygaid. Un wedd ar y newid a fu arno oedd bod y llen rhwng y ddau fywyd wedi ei theneuo, ac ni wybu mwy beth oedd ofni ymweliadau preswylwyr bro'r eang dangnef.

Gyda pharch serchog, addolgar yn llenwi ei galon y gosododd Ivor yr ystyllod ar y bedd yn ôl, ac y clodd ddrws yr ystafell. Teimlai ei ben yn mynd yn ysgafn, a'i goesau'n crynu dano, gan erchylled y profiadau a gawsai y noswaith hon. Gafaelodd yng nghorff Ryder Crutch, a llusgodd ef i ystafell wag gerllaw, a chaeodd y drws arno yno.

Wedyn, cychwynnodd yn ôl ar hyd y mynedfeydd hirion, a thrwy'r ystafelloedd, tua'r fan lle gadawsai Llio. Teimlai angen ei phresenoldeb yn ei ymyl yn fwy nag erioed. Gorweddai'r cof am yr awr ddiwethaf yr aethai drwyddi fel hunllef arswydus ar ei ysbryd; ac anodd oedd ymysgwyd oddi wrthi. Gobeithiai y byddai i heulwen presenoldeb Llio ddwyn gwres bywyd yn ôl i'w galon, a'i helpu i anghofio'r ing yr aethai drwyddo. Ceisiodd brysuro ati; ond teimlai fod ei aelodau'n ystyfnig anufudd, ac ni fedrai namyn cerdded yn araf.

Neidiodd Llio ar ei thraed fel yr agorai'r drws ac y deuai Ivor i mewn. Ni allai lai na dychryn wrth weld y wedd angheuol welw a oedd ar ei wyneb. Yr oedd ei wefusau'n sych, a'i lygaid yn gochion. Wedi dyfod i mewn, ymollyngodd yn ddiymadferth i gadair gerllaw. Aeth Llio ato'n dyner a serchog, ac eisteddodd ar lawr wrth ei draed. Dododd yntau ei fraich am ei hysgwyddau lluniaidd, a gwasgodd hi ato.

Yr oedd yn rhy fuan i siarad eto. Ac ni ddywedodd Llio
yr un gair wrtho nes iddo ddyfod ato ei hun ychydig, a
llwyddo i ymysgwyd oddi wrth y llewyg a'i bygythiai. Pa hyd
yr eisteddasant yn ddistaw felly, ei fraich amdani hi, a'i phen
euraid hithau ar ei liniau ef, nid hawdd oedd iddynt wybod.
Hwy yw munud lawn nag awr wag, a llawn iawn oedd eu
munudau hwy yn awr. Un teimlad oedd ym mynwes Llio—
gwyddai ei bod yn caru'r dyn hwn, a bod arno yntau, yn ei
gyni dwfn, fawr angen amdani. Newidiasai popeth erbyn
hyn. Gynt, hi a oedd yn pwyso arno ef, a'i nerth gwrol yntau
yn ei chynnal; ond heddiw, ef a oedd yn wan a hithau'n gref;
hi a oedd yn cynnal, ac yntau'n pwyso ar ei chydymdeimlad
tyner; hi a oedd heddiw'n tawelu ac yn cysuro.

Yng nglyn cysgod angau y gwêl dyn ogoniant disgleiriaf
merch. Yn nyddiau tywyll a duon einioes, daw adegau pan
na cheir dim cysur hafal i bresenoldeb tyner, tawel, merch
bur a llednais. Hwyrach mai wedi'r cwymp y medrodd
Adda deimlo gwerth a swyn presenoldeb a ffyddlondeb yr
hon a'i harweiniasai i wybod da a drwg, a bod megis duw.
Unwaith y cawsai ddial ar lofrudd ei fam, ni freuddwydiasai
Ivor y medrai bywyd estyn chwaneg iddo ef. Meddyliasai,
pe cawsai unwaith drochi ei fysedd yn y gwaed a gasâi, y
byddai wedi darfod â phopeth ar y ddaear. Ond gofalodd
yr Un o welsai gynt nad da bod dyn ei hun am anfon iddo
yntau ymgeledd gymwys yn nydd ei ing. Yng ngolau swynol
cymdeithas Llio, gwelodd Ivor bosibilrwydd newydd mewn
bywyd, a heulwen ar lwybrau niwlog a diobaith y dyfodol.

Wedi hir eistedd yn ddistaw, cododd ei ben, a llefarodd,
yn ddrylliog ddigon, ond yn bwyllog hefyd:

"Llio anwylaf, be wnaethwn i heboch chi ar yr awr ddu
yma?"

"Ivor," sibrydodd hithau, "dwedwch—ddaru chi 'i ladd o?"

Dychrynai wrth feddwl am y fath beth, a sylweddoli'r
gosb a oedd yn ei aros, am weithred a ymddangosai iddi hi

mor gyfiawn, er ei hechrysloned. Cyfiawn ac ofnadwy oedd
dialedd; ond beth am y canlyniadau?

Crynai'r eneth, ac ymwasgodd yn nes ato yn ei harswyd
a'i hofn.

Wrth droi ei wyneb i edrych i'w hwyneb hi, gwelai
arswyd yn ei llygaid; gafaelodd yn dynn yn ei dwylo, a
dywedodd:

"Nid oes diferyn o'i waed o ar 'y nwylo, Llio fach; mae'r
adyn wedi trengi, ond nid trwy fy llaw i. Ysbeiliodd angau
fi o'm dialedd, a f'amddiffyn rhag 'i ganlyniadau."

Yna eglurodd i Llio holl fanylion yr hanes erch. Goleuai
ei llygaid hithau wrth wrando arno; diflannodd yr ing, a
daeth tawelwch hyderus, dedwydd, i'w hwyneb.

"Feder neb felly ddeud mai chi a'i lladdodd o? O, mae'n
dda gen i glywed hynna," a gwnaeth Llio y peth a wnaethai
pob merch deilwng o'r enw dan yr amgylchiadau, sef wylo.

"'Ngeneth annwyl i, cymerwch gysur. Rydw i a chithau'n
ddiogel."

Ymwasgodd yr eneth ato am foment, ond pan blygodd
ef i gusanu ei gwallt gwridodd hyd ei gwddf.

Sylweddolodd yntau yn awr, am y tro cyntaf yn gyflawn,
hwyrach, nad oedd mwyach yn eneth wallgof, ond ei bod
yn llawn synnwyr, a holl wylder a lledneisrwydd y
foneddiges goeth yn effro yn ei natur. Cofiodd mewn
moment nad oedd ganddo hawl i gymryd mantais ar y
gorffennol, ac nad oedd y serch a ddangosasai, a hi'n
orffwyllog, o angenrheidrwydd yn bod wedi iddi ddyfod
ato ei hun. Yr oedd yntau'n ormod o fonheddwr, yn rhy
anrhydeddus, i gymryd mantais annheg arni.

"Llio," eb ef, dan dynhau'r ffrwyn ar ei draserch,
"peidiwch â fy ofni i am i chi yn ych diniweidrwydd osod
ych ymddiried ynof. Rydech chi'n wahanol yrŵan, a mi
fedrwch farnu pethau'n wahanol. Peidiwch â digio wrtha i
am ddeud un peth wrthoch chi yrŵan, ond peidiwch â

gadael i'r amgylchiadau rhyfedd yma ddylanwadu ar ych barn. Llio fach, oni bai amdanoch chi, mi fuasai mywyd i ar y ddaear ar ben yn awr. Y chi daflodd olau ych presenoldeb ar y dyfodol i mi. A beth bynnag wnewch chi, mi fydda i'n ych caru chi'n ffyddlon ac angerddol tra fydda i ar y ddaear, os oes bywyd arall ar ôl hwn, feder dim byd yno chwaith ladd fy serch i. Os gadewch chi fi, ac os dewiswch chi gerdded llwybrau bywyd ych hunan hebddo i, mi fydd fy serch i yn addoliad i'ch coffadwriaeth chi. Ond os penderfynwch chi wynebu gweddill ych oes hefo mi, bydd pob egni a fedda i yn gysegredig i'ch amddiffyn chi, a'ch gwneud chi'n ddedwydd."

Gwelodd y gruddiau tlysion a oedd gynnau dan wrid mor ddwfn, ond wedi ysbaid o ddistawrwydd, cododd Llio, ei llygaid mawrion, gloyw, huawdl, a sefydlodd hwy ar Ivor am foment; ond yn y foment honno darllenodd ef ynddynt gyfrinach ei chalon.

"Llio anwylaf," eb ef, "cyn gynted ag y daw'r nos, fe adawn ni'r fangre felltigaid yma am byth. A chyn pen wythnos wedi hynny, mi fyddwch chi yn wraig i mi."

"Yn wraig ichi, Ivor, cyn pen yr wythnos? O, Ivor, prin y medra i gredu bod y fath hapusrwydd yn bosib imi."

"Mae hi'n fwy anodd imi gredu y ca' i ran ohono, Llio fach. A phetasai 'nghyfaill, Gwynn Morgan, wedi meiddio awgrymu'r fath beth cyn imi ych gweld chi, mi fuaswn i'n ddig wrtho am gellwair. O Dduw, dydw i ddim yn deilwng o hyn. Ond rydech chi'n amddifad a diamddiffyn, ac yn unig yn y byd; rydw innau'n unig ac amddifad; ond mi feder serch beri imi anghofio'r gorffennol. Mi ga' innau ych amddiffyn chi, a'ch noddi chi, unwaith y byddwch chi'n wraig imi. A fedra i ddim gwneud hynny'n hir heb inni briodi. Felly, Llio fach, peidiwch â digio am 'y mod i'n rhoi rhybudd mor fyr ichi."

"Does arna i ddim eisio dim, Ivor, ond bod hefo chi."

Ar ôl hyn eisteddodd y ddau yn berffaith lonydd am amser maith, heb yngan gair y naill wrth y llall. Llawnion iawn oedd eu meddyliau, a diau bod eu myfyrdodau'n felys. Un peth a ymddangosai'n gryn anhawster i Ivor oedd sut i fynd â Llio ymaith, ac ym mha le i'w gadael am ychydig ddyddiau. Ni welai y gallai wneud dim amgenach na'i harwain dan len y nos ar draws y wlad i'r bwthyn, ac yna oddi yno i'r gwesty lle y buont yn aros cyn cymryd Hafod Unnos. Rhaid oedd dyfeisio rhyw stori i esbonio sut y daethai Llio yno. Ac ni fedrai feddwl am anwiredd mwy diniwed, a nes i'r gwir, na dweud mai geneth amddifad ydoedd, ei fod ef yn warcheidwad iddi, a'u bod i briodi cyn pen yr wythnos.

Cofiodd Llio cyn hir fod yn rhaid bod Ivor yn newynog. Ni feddyliai hi am ymborth iddi ei hun. Ond cododd ar unwaith i baratoi pryd o fwyd. Esboniodd yntau mai dyma'r pryd olaf a fwytaent byth ym Mhlas y Nos, a bod ganddynt daith bell o'u blaen. "Felly," meddai, "rhaid inni gymryd y pryd mwya sylweddol mae'r storfa'n 'i ganiatáu."

Daethai Ivor â danteithion amryw gydag ef o Hafod Unnos. Sylwasai Gwynn Morgan ar hynny pan ydoedd yn cychwyn, a meddyliasai fod serch yn gwneud Ivor yn fwy naturiol ac ymarferol na chynt.

Nid oes awdurdod dan haul hafal i'r Ffrancwr ar unrhyw bwnc ynglŷn â choginiaeth; ac er mai hanner Ffrancwr oedd Ivor ar ei orau, casglasai mewn ugain mlynedd o fywyd yn Ffrainc lawer o wybodaeth ynghylch y dirgelion hyn. Tynnodd allan o'i drysorau dameidiau blasus, a huliodd Llio'r bwrdd yn chwaethus a glân.

Eisteddodd Llio ac Ivor wrth yr hen fwrdd derw bregus yn ŵr ac yn wraig, oblegid gwyddai'r ddau fod serch wedi eu priodi eisoes. Mwynhasant yr ymborth, er gwaethaf digwyddiadau cyffrous y diwrnod. Erbyn iddynt orffen, yr oedd llen dywyll y nos dros y wlad, a'r amser i adael yr hen

adfail erchyll wedi dyfod. Casglodd Llio yr ychydig bethau
a oedd yn werthfawr yn ei golwg, a gwnaeth Ivor hwy'n
faich bychan destlus. Goleuodd ei lusern; ac wedi diffodd
y lamp, cychwynnodd y ddau ar hyd y fynedfa, ac i lawr yr
hen risiau bregus nes dyfod at y porth cyfyng yng nghefn y
tŷ. Agorodd Ivor y drws, a cherddodd y ddau allan i'r ardd.
Wedi iddo gloi'r drws yn ofalus, troesant eu cefnau am byth
ar Blas y Nos.

Pennod XV.
Dedwyddwch

Cerddodd Ivor a Llio law yn llaw drwy'r goedwig nes cyrraedd y llwybr a gymerai Ivor yn ei deithiau hwyrol i Blas y Nos. Nid hawdd dychmygu, chwaethach disgrifio, eu teimladau ar eu taith gyntaf gyda'i gilydd. Er bod y ddau yn hen gariadon erbyn hyn, dyma eu taith gyntaf. Rhodient fraich ym mraich pan ganiatâi'r ffordd, a llaw yn llaw bryd arall. Cofiodd Ivor nad oedd Llio wedi arfer cerdded fawr, ac y byddai'r daith oherwydd hynny yn gryn dreth ar ei nerth. Felly, cerddai'n araf iawn. Doeth oedd cerdded yn araf hefyd am fod y llwybr mor anodd a dyrys; ac yn y nos hawdd iawn oedd baglu a chwympo arno.

Yr oedd Llio mor llawen nes arswydo ohoni ar adegau rhag mai un o'i breuddwydion gorffwyllog gynt oedd y cyfan. Pan fflachiai hynny i'w meddwl, gafaelai'n dynnach ym mraich, neu yn llaw, Ivor; ac er na wyddai ef pam y gwnâi hynny, gwyddai'n dda fod y weithred yn llawn serchowgrwydd a dibyniad arno ef. Cynyddai llawenydd a dedwyddwch Llio wrth weld gryfed oedd gewynnau Ivor, a theimlai yn ddiogel iawn dan ei ofal serchog. Iddo yntau yr oedd ei phresenoldeb hithau, ei diniweidrwydd, a'i hymddiried ynddo, yn llenwi ei fywyd â swyn newydd. Wedi teithio am oddeutu awr, teimlodd Ivor fod camau Llio'n mynd yn fyrrach, fyrrach, a'i phwysau ar ei fraich yn mynd yn drymach, drymach; a phan ddaethant at faen mawr ger eu llwybr garw, arhosodd a gwnaeth iddi eistedd i orffwyso. Pwysai'r eneth flinedig â'i phen euraid ar ei ysgwydd, ac ebr hi: "Ivor, ydech chi wedi penderfynu be i'w wneud nesa?"

"Ond priodi, Llio fach," atebodd yntau. "Wel, ie, Ivor, ond mae 'na bethau eraill hefyd. Mae gennym ni ddyletswyddau i bobol eraill heblaw ni yn hunain. O, Ivor, be ddywed Mr. Morgan pan wêl o ni wedi dŵad i Hafod Unnos?"

"Wel, wn i ddim be ddywed Gwynn; ond mi ellwch chi fod yn siŵr y bydd o'n falch iawn o'n gweld ni."

"Wn i ddim, wir, Ivor; ddaru chi ddim meddwl y gall o deimlo mod i'n ych dwyn chi oddi arno fo?"

"Dim o'r fath beth, Llio; rŵan, fuasai neb ond geneth yn meddwl am beth fel yna," a chwarddodd Ivor yn iachach a mwy calonnog nag y gwnaethai ers amser.

"Wedyn, Ivor, dyna bethau eraill," ebr Llio, a rhedodd ias o arswyd trosti fel yr ymwasgai'n nes i Ivor. "Cofiwch, Ivor, yn bod ni wedi gadael y ddau yn yr hen blas hefo'i gilydd heno."

Teimlodd y dyn ieuanc ias o'r hen oerni llidiog oddeutu ei galon, fel y disgynnai'r geiriau ar ei glyw. Ond buan, yng nghwmni Llio, y diflannodd y cwbl.

"Rydw i wedi cynllunio be i'w neud, Llio fach. I ddechrau, rhaid inni briodi, i'w gwneud hi'n amhosib i bobol hel straeon yn yn cylch ni. Yna, mi ofala i am gludo gweddillion 'y mam oddi yno, a mi cladda i hi mewn daear fwy cysegredig. Mi gaiff y wlad wneud a fynno hi â llwch yr adyn llawrudd a drengodd yno heno."

Bu ysbaid o ddistawrwydd; teimlodd y gŵr ieuanc fod dwylo'r eneth yn oer, a'i bod yn crynu, ac yn ymwasgu ato. Gosododd ei wyneb ar ei hwyneb hithau; yr oedd ei grudd yn wlyb gan ei dagrau. Dododd ei fraich amdani, a chododd hi ar ei thraed; a dechreuodd ei phrysuro yn ei blaen.

"Fy nghariad annwyl i," eb ef, "rhaid inni geisio anghofio'r gorffennol. Rhaid i'w gysgod du a phrudd o gilio o'n bywyd ni. Heno, mae'r hen fywyd o anobaith ar ben; heno hefyd, mae cyfnod gloywach yn dechrau yn yn hanes ni."

Wedi cerdded am oriau, a chael aml sbel o orffwys, cyrhaeddodd y ddau i ben eu taith. Nid oedd eto arwydd gwawr yn y nef; ac am nad oedd Gwynn Morgan yn eu disgwyl, nid oedd lewych na sŵn bywyd yn Hafod Unnos chwaith. Agorodd Ivor y drws yn ddistaw, ac aeth ef a Llio i mewn. Wedi dodi'r ychydig glud oedd ganddynt o'r neilltu, estynnodd gadair, a gwnaeth i Llio eistedd ynddi. Yna, â bysedd medrus, gosododd goed a glo yn y grât, a goleuodd dân. Wrth sŵn y coed yn clecian yn y tân, deffrôdd Gwynn Morgan.

"Hylo! y deryn nos! Ddaethoch chi'n ôl?" eb ef o'i wely, a'i lais clir, iach yn atsain drwy'r tŷ.

"Gwynn, mi ddisgwyliwn i amgenach pethau gennych chi na llefain fel hyn ym mhresenoldeb boneddiges," meddai Ivor, dan gilwenu ar Llio; a hithau wedi gwrido'n wylaidd, a gwenu'r un pryd.

Diogel yw dweud na ddaeth chwaneg o sŵn o'r stafell wely am funud neu ddau, beth bynnag. Ni wyddai Gwynn yn iawn pa beth i'w gredu; ac i roddi pen ar ei benbleth, cododd o'i wely, a gwisgodd y gwlanenni a wisgai bob dydd oddeutu'r lle. Wedi ymolchi, a threfnu tipyn ar ei wallt, meiddiodd ddyfod allan o'i ymguddfan. Pan welodd wyneb prudd, prydferth, angylaidd Llio, a'i manwallt aur yn rhydd dros ei hysgwyddau, a gwrid gwyleidd-dra ar ei grudd, rhwbiodd ei lygaid yn egnïol, rhag ofn mai breuddwydio yr oedd. Ond cododd Ivor ar ei draed, ac wedi ysgwyd llaw Gwynn yn galonnog, cyflwynodd ef i Llio. Eisteddodd y tri i aros i'r tegell ferwi, a buan iawn yr oedd pob pryder ynghylch eiddigedd Gwynn Morgan wedi peidio ym mynwes Llio. Teimlai tuag ato yn fuan fel pe buasai'n frawd iddi. Fe gofia'r tri, tra fyddant ar y ddaear, am y borebryd hwnnw a gawsant oddeutu'r bwrdd crwn ym mwthyn Hafod Unnos.

Ymhell cyn i'r ymddiddan ddarfod, yr oedd y wawr wedi torri dros y mynyddoedd. Brysiodd Gwynn Morgan ymaith i ddweud wrth y wraig a arferai ddyfod yno i lanhau'r tŷ nad oedd angen amdani heddiw, ac wedi ei gweld, aeth yn ei flaen i'r gwesty, a dywedodd yno fod ei gyfaill yn mynd i briodi gyda geneth amddifad a adewsid dan ei ofal, a'i bod hi'n dyfod yno y diwrnod hwnnw, ac y byddai'n aros yn y gwesty. Hefyd, tynghedodd wraig y tŷ i gadw'r hanes yn ddistaw, gan nad oedd ei gyfaill yn hoffi sŵn. Wedi hynny, brysiodd adref i warchod, tra byddai Ivor a Llio'n mynd i dref yn y cyfeiriad arall i brynu gwisgoedd a phethau eraill angenrheidiol. Nid y peth lleiaf pwysig o'r rheini oedd y drwydded. Gyda'r nos, dychwelodd y ddau i'r gwesty, a chymerodd gwraig garedig y tŷ yr eneth dan ei gofal arbennig.

Y noson honno, ymwelodd Ivor â hen weinidog parchus y pentref; a syn iawn gan hwnnw oedd gwrando ei neges. Gwelsai Gwynn Morgan yn y capel amryw droeon, ond ni welsai mo Ivor yno, a meddyliodd mai gŵr di-barch i'r Sul, ac i Dŷ'r Arglwydd, ydoedd. Cydsyniodd, er hynny, i'w briodi. Rhyfedd braidd gan wraig y gwesty oedd bod y bonheddwr ieuanc yn dewis cael ei briodi yn y capel.

Arferasai feddwl bod pawb a oedd yn rhywun yn mynd i'r Eglwys Wladol i'w priodi, pa le bynnag yr aent i addoli, a pha beth bynnag a fyddai cymeriad person y plwyf. "Ond wŷr neb ar y ddaear lle mae'r byd yn mynd, na be i'w feddwl, wedi i'r colegau a'r ysgolion yma lenwi'r wlad," meddai wrthi ei hun, a chwanegodd, "Mi fydd y bobol fawr i gyd yn siarad Cymraeg yn fuan, a'r tlodion yn siarad Saesneg, rhag cwilydd siarad r'un peth â'i gwell." Ond, er bod aml syniad pur hen ffasiwn ganddi, fel pob gwraig gwesty, yr oedd difai calon yn ei mynwes. Cymerodd yr eneth druan, amddifad, a ddaethai dan ei gofal i'w chalon, ac er na wyddai ddim o wir hanes Llio, yr oedd gwybod ei bod yn amddifad yn ddigon i agor llifddorau ei thosturi a'i thynerwch.

Un bore braf, clir, gaeafol, safai Ivor a Llio wyneb yn wyneb yn sêt fawr y capel, a Gwynn Morgan gerllaw iddynt. Darllenai'r hen ŵr llariaidd, penwyn, eiriau'r Ysgrythur priodol i'r amgylchiad. Wedi iddo ef orffen eu huno, a dodi ei fendith arnynt, agorodd y cofrestrydd ei lyfr, ac wedi iddynt oll osod eu henwau yn hwnnw, ymadawodd Ivor Prys a Llio, ei wraig, gyda'i gilydd i lennydd hafaidd De Ffrainc.

Edrychodd Gwynn Morgan ar eu holau, a phrudd oedd ei feddwl, er na wyddai pam. Flwyddyn yn ôl, ni wyddai am fodolaeth yr un o'r ddau. Heddiw, aethai'r flwyddyn heibio—blwyddyn ryfedd, ddieithr, yn ei hanes. Ac fel yr ymgollai'r cerbyd a gludai'r ddau ddedwydd o'i olwg, teimlai fod darn o'i galon yn mynd gyda hwy.

Pennod XVI.
Wedi'r Nos

Ar ôl ymadawiad Ivor a Llio, dechreuodd Gwynn Morgan feddwl am gynllun i gyflawni gorchwyl yr addawsai ei wneud i Ivor, sef claddu gweddillion ei fam. Anfonodd adref am dri o weision ei dad—dynion a'i carai, a dynion y gallai ymddiried ynddynt. Aeth y pedwar mewn cerbyd yn nyfnder y nos i Blas y Nos. Wedi gosod y gweddillion mewn arch, cludasant hwy ymaith i lan y môr, ac wedi eu dwyn ar fwrdd ei bleser-long, hwyliwyd ymaith. Glaniasant yn ddirgel yn Ffrainc; ac yno, dan yr awyr las, lle y buasai'n chwarae yn eneth fach, claddwyd gweddillion llofruddiedig y wraig ieuanc, dyner, a welsai gymaint o ofid gynt. Ar lan môr Ffrainc yn eu disgwyl yr oedd offeiriad Pabaidd; tyner iawn oedd llais y mynach fel y llefarai hen wasanaeth claddu urddasol a soniarus eglwys enwog y Canol Oesoedd. Er nad Pabyddiaeth oedd crefydd Ivor, honno oedd crefydd ei fam, a gwyddai ei fod yn gwneud ei dymuniad wrth alw mynach i offrymu'r weddi olaf uwchben ei llwch. Yr oedd Ivor a Llio yno, a Gwynn Morgan a'r mynach, a dyna'r cwbl.

Ar ôl y ddyletswydd bruddaidd honno, aeth Ivor a Llio i Geneva a'r Alpau, a dychwelodd Gwynn yn ôl i Loegr. Cyflogodd gudd-swyddog o Lundain i fynd gydag ef i archwilio Plas y Nos, er mwyn i hwnnw ddarganfod corff y llofrudd yno, fel y gallai'r gyfraith afael ynddo, a'i symud ymaith. Pan gyraeddasant i ymyl yr hen blas, gwelent fwg yn codi o'r coed, ac erbyn cyrraedd i'w olwg, nid oedd yno ond adfeilion llosgedig. Pa fodd yr aeth y lle ar dân, nid oes heb hyd heddiw a ŵyr. Teimlai pobl yr ardal yn esmwythach wrth feddwl bod y fflam wedi ei ddileu oddi ar wyneb y ddaear. Ond cred yr ardalwyr syml hyd heddiw fod ysbryd Ryder Crutch yn cyniwair y lle, yn chwilio am orffwystra, ac yn methu a'i gael. Aeth Huw Rymbol yno, wedi clywed am y tân, ac wrth ei fod yn bur fusgrell, daliodd y nos ef ar y ffordd yn ôl, a thyngai'r hen ŵr gwargam fod rhyw furmur cwynfanus drwy frigau'r coed, fel griddfanau ysbryd mewn pangfeydd, yn ei ganlyn nes iddo ddyfod drachefn "i fysg pobol". Nid yw Mr. Edwards, Gwesty'r Llew Coch, wedi ei lwyr argyhoeddi beth i'w gredu'n derfynol ynghylch stori Huw, ond diogel dweud na chymerai goron Prydain am fentro ei hunan i gymdogaeth yr hen adfeilion wedi nos.

Wedi bod am rai wythnosau gartref gyda'i deulu aeth Gwynn Morgan i Dde Iwerddon. Yr oedd yn aros yn Killarney deg, un o'r llennyrch harddaf ar wyneb y ddaear. Yno y cyfarfu drachefn ag Ivor a Llio. Synnai mor ieuanc oedd Ivor, a gruddiau Llio wedi ennill gwrid iechyd wrth deithio.

Ym mharlwr y gwesty y noson honno, wedi i Llio ymneilltuo i'w hystafell, dechreuodd y ddau gyfaill ymddiddan.

"Mae'n dda gen i gael cyfle i ddeud rhywbeth wrthoch chi, Ivor, nad oeddwn i ddim yn meddwl y buasai'n ddoeth i ddeud o yng nghlyw Llio. Pan es i i Blas y Nos hefo'r swyddog, mi gawsom y lle wedi i losgi'n adfeilion moelion."

Bu Ivor yn ddistaw am ennyd, mewn dwfn fyfyrdod. Gwelodd Gwynn beth o'r hen brudd-der wedi dyfod yn ôl i'w lygaid, a rhai o'r hen linellau poenus eto ar ei ruddiau. Wedi eistedd felly am rai munudau, torrodd Ivor ar y distawrwydd.

"Gorau oll, Gwynn," eb ef. "Allai dim byd ond tân buro awyr fel honno. Ac er cymaint oedd fy llid i at Ryder Crutch unwaith, mi alla i heno ddymuno o 'nghalon iddo heddwch bellach. Caled ydi ffordd y troseddwr bob amser; ond wyr neb pa mor galed ydi hi ond y sawl a welodd lofrudd wyneb yn wyneb ag angau."

Nid oes fawr yn chwaneg i'w ddweud am Ivor a Llio. Nid oes i ddedwyddwch hanes. Llwyddodd Ivor i ennill yn ôl rannau helaeth o eiddo Llio, a'r holl ystâd a berthynai i'w dad gynt. Ymfodlonodd i fyw gartref ymhlith ei gymdogion, yn annwyl ac yn fawr ei barch gan bawb. Gwahoddwyd Gwynn Morgan cyn hir i aros gyda hwy; ac amcan arbennig ei daith atynt y tro hwn oedd bod yn dad bedydd i Gwynn ab Ivor.

Dyfnhau a wnaeth cariad Gwynn Morgan at ei liwiau; cyffredin a materol oedd ei ddarluniau cyntaf, ond cyn hir synnodd y byd gerbron ei ddarlun enwog cyntaf, *Wedi'r Nos.* Hen adfail brudd ydoedd, adfail hen blas a losgasid â thân; y tu draw iddo gwelid gwrid gogoneddus y wawr yn addo diwrnod teg; ar lannerch las o'i flaen safai gŵr a gwraig ieuanc, a bachgen bach yn chwarae o'u deutu. Ond nodwedd arbennig y darlun ydoedd y gyfriniaeth ddieithr a wnâi'r cyfan yn fyw, ac a awgrymai dristwch anhraethadwy ar fynd heibio o flaen gwawr ardderchocach nag a welodd ein daear ni erioed. Gobaith y wawr oedd cyweirnod hwn.

Ymhen pum mlynedd neu chwech ar ôl y darlun mawr cyntaf, synnwyd y byd eilwaith gan ddarlun arall. O'i gongl eithaf ar draws y cynfas ymestynnai ffordd arw, anial, dros fryniau a thrwy nentydd a chorsydd. Ar ei therfyn, yng ngwaelod y llen, yr oedd bedd agored, ac ar ei lan hen ŵr, a baich y blynyddoedd, a lludded y daith, yn drwm ar ei ysgwyddau musgrell. Yr oedd ei droed ar lan y bedd, a rhyw chwilfrydedd dieithr, prudd ac anesboniadwy ar ei wyneb tenau ac yn ei lygaid trist, fel yr edrychai i lawr i'r bedd. Wrth syllu ar yr wyneb gellid gweld cyn hir hefyd ei fod yn debyg i wyneb yr arlunydd. Barnai pawb hwn y darlun gorau yn y byd o Anobaith. Ond sut y medrodd Gwynn Morgan ei beintio?

Yn ei ddarluniau eraill ceid wyneb merch ieuanc, osgeiddig, hardd. Yr unig ferch yng nghylch ei gyfeillion oedd Llio Prys. Yr oedd hi megis chwaer annwyl ganddo. Gwyddai fod drain yn ei fynwes, a cheisiai esmwytho gobennydd bywyd iddo, heb ei glwyfo'n waeth â chwilfrydedd aflednais. Ond nid wyneb Llio, er ei hardded, oedd yn ei ddarluniau anfarwol ef; wyneb pwy? Dyna oedd dirgelwch Gwynn Morgan. A phan agorwyd dorau priddellau'r dyffryn i'w dderbyn cyn ei fod yn ddeugain oed, diflannodd, a chadwodd ei galon ei gyfrinach

DIWEDD

T. *Gwynn Jones*
Lona

"Dewines, duwies, drychiolaeth, pa beth? Rhywbeth ond geneth gyffredin o gig a gwaed. Bwriodd ei hud drosto hyd na wyddai ef pa beth i'w feddwl amdani. Agorodd ffenestr ei henaid iddo, a dangosodd beth o'r trysor ysblennydd oedd yno, heb yn wybod i neb ond iddi hi ei hun, ac heb ei bod hithau hefyd, o ran hynny, yn gwybod fod ynddo ddim oedd mor brin a rhyfeddol."

Newydd symud i ardal y Minfor yw Merfyn Owen pan, ar siawns, mae'n cwrdd â Lona O'Neil, y Wyddeles brydferth sy'n byw ar gyrion cymdeithas y gymdogaeth. Ond beth fydd goblygiadau eu carwriaeth i safle Merfyn yn y dref - a beth yw cysylltiad teulu Lona â dirgelwch cefndir Merfyn ei hun?

Ar gael yma fel cyfrol am y tro cyntaf ers dros canrif, ac mewn iaith ac orgraff ddiwygiedig, Lona oedd ffefryn T. Gwynn Jones o blith ei nofelau ac hyd heddiw mae'n glasur yn yr iaith.

"Stori serch yw *Lona*, ac mae'n nofel ddarllenadwy hyd y dydd hwn. Mae'r ddeialog a'r naratif yn ystwyth ac yn naturiol."
—*Alan Llwyd*

MELIN BAPUR

Emile Souvestre

Bugail Geifr Lorraine

Cyfieithiad Cymraeg gan R. Silyn Roberts

"Trysori'r tair ceiniog a roddasai Jeanne iddo a wnâi efe, a chadw ei chyngor yn ei gof. Hynny oedd am ei fod yntau hefyd wedi ei fagu ymhlith y gwerinos hyn na feddent ddim namyn mamwlad y dymunent ei chadw; yntau er yn fore wedi arfer caru ei bobl yn well nag ef ei hun, a gasâi â'i holl reddfau iau'r tramorwr, ac a fynnai gadw, â phris ei fywyd o bai raid, bethau hanfodol y genedl, sef y brenin, y faner, a saint gwarcheidiol Ffrainc."

Ffrainc, y 1420au. Mae'r Ffrancod a'r Saeson wedi bod yn brwydro dros oruchafiaeth am ddegawdau, gan droi pob cornel o'r wlad yn faes brwydr. Bugail digon di-nod yw Remy nes i farwolaeth ei dad arwain at ddarganfyddiad annisgwyl am ei orffennol ef ei hun. Gyda'i fentor, y mynach Cyrille, mae Remy'n cychwyn ar daith i hawlio'i etifeddiaeth; ar yr un pryd daw sibrydion am yr arwres newydd Jeanne D'Arc, sy'n bwriadu erlid y Saeson o'r wlad unwaith ac am byth.

Cyhoeddwyd Bugail Geifr Lorraine, cyfieithiad Silyn o nofelig hanesyddol Emile Souvestre Le Chevrier de Lorraine, yn wreiddiol yn 1925; mae'r argraffiad newydd hwn mewn orgraff fodern yn cyflwyno'r antur gyffrous hon i ddarllenwyr o'r newydd.

MELIN BAPUR

W. D. Owen

Madam Wen

Teimlai Morys fod y goleuni'n ymadael, a nos yn dyfod i'w fywyd ar drawiad llygad. "Yr ydych wedi eich dyweddïo?" meddai, yn fwy wrtho'i hun nac wrthi hi.

"Wedi fy nyweddïo, fy nghâr, nid i ddyn ond i adduned. Pan oedd fy annwyl dad yn marw mewn tlodi, gwneuthum adduned y buaswn yn mynnu ennill yn ôl y tir a ladratawyd oddi arnom gan ein gelynion, ac nid ydyw'r adduned eto wedi ei chyflawni."

Pwy yw Madam Wen? Menyw, neu ddrychiolaeth? Lleidr, neu arwres? Person o gig a gwaed, neu'n ddim byd ond sibrwd ar goll yn sŵn y tonnau?

Yr antur gyffrous hon o ramant a môr-ladron yn ystod y ddeunawfed ganrif yw un o nofelau antur orau'r iaith Gymraeg; pan gyhoeddwyd hi yn ystod y Rhyfel Byd Cyntaf roedd hi'n chwa o awyr iach i'w darllenwyr, ac yn ddihangdod o oes o erchylltra.

"Mr. Owen provides us with a good yarn, for which, in this all too sombre world, we owe him thanks. This is the kind of Welsh book we want: a breathless tale that insists upon being real."
—*Liverpool Daily Post*

MELIN BAPUR

MELIN BAPUR

www.melinbapur.cymru

Dilynwch ni ar:

X (@melinbapur)
Facebook (@melinbapur

Milton Keynes UK
Ingram Content Group UK Ltd.
UKHW021834110324
439294UK00006B/82